零点超人

3

多元宇宙

〔美〕R.L. 乌尔曼 著　李镭 译

CNS | 湖南少年儿童出版社 · 长沙
HUNAN JUVENILE & CHILDREN'S PUBLISHING HOUSE

版权所有　侵权必究

著作权合同登记号：字18-2024-116

图书在版编目（CIP）数据

零点超人. 3, 多元宇宙 / (美) R.L.乌尔曼著 ; 李镭译. —— 长沙：湖南少年儿童出版社, 2024.5
　　ISBN 978-7-5562-7662-2

　Ⅰ. ①零… Ⅱ. ①R… ②李… Ⅲ. ①儿童小说—幻想小说—美国—现代 Ⅳ. ①I712.84

中国国家版本馆CIP数据核字(2024)第107649号

LINGDIANCHAOREN 3 DUOYUAN YUZHOU

零点超人 3 多元宇宙

[美]R.L. 乌尔曼　著　　李镭　译

责任编辑：徐强平　段健蓉
装帧设计：曹希予

出版人：刘星保
出版发行：湖南少年儿童出版社
社址：湖南省长沙市晚报大道89号　　　　邮编：410016
电话：0731-82196330（办公室）
常年法律顾问：湖南崇民律师事务所　　　　柳成柱律师

经销：新华书店　　　印刷：湖南天闻新华印务有限公司
印张：6.5　　　　　字数：120千字
开本：880 mm×1230 mm　1/32
版次：2024年5月第1版
印次：2024年5月第1次印刷
定价：102.00元（3册）

质量服务承诺：若发现缺页、错页、倒装等印装质量问题，可直接向天使文化调换。
读者服务电话：0731-82230623
盗版举报电话：0731-82230623

★ ★ ★

献给桑迪和肯

感谢你们

给予我的一切

目录

· 第一章 ·

我把重要行动
给搞砸了

我终于要把这个邪恶的家伙抓到手了！

现在我们两个之间只隔着一个满是污泥的井盖。只要我把这个脏兮兮的井盖打开，他就是我的了！我把手指头插进井盖气眼里，用力向上拉。咔吧一声响——是从我的腰上传来的！我只能松开手，先活动一下腰。天哪，这个井盖简直比吃完自助午餐的小影还要重。

我需要一根撬棍才能把这个麻烦的井盖弄起来。好吧，我想，灾区唯一的好处就是有许多废品可以供你使用。我抓起一根断了的管子，把它插进井盖气眼里，用尽全身力气猛地一撬，井盖就像瓶盖一样弹开了。我丢掉管子，双手抓住这个圆铁盘，把它滚到一边。

一股腐臭的味道从井口喷出来，直冲我的鼻孔。这让我很想转身离开，但我不能——我现在的任务是伸张正义！于是我捏着鼻子，在井沿蹲下来，准备进入这个黑暗的深渊——它的另一个名字是拱心石城的下水道。

只需要向下一跳。

但……我做不到。

而更糟糕的是，我知道我为什么做不到。

也许我应该把前面的事情也说一下。问题出现在一个小时之前。那时我正和我的家人们一起待在原点，看着旧情景喜剧回播，却听到奇迹超脑没命地叫了起来："警报！警报！警报！等级三干扰。重复：等级三干扰。能量信号识别为短吻鳄。等级三干扰。能量信号识别为短吻鳄！"

爆米花飞得到处都是，我们匆忙开始了行动。我登上自由之翼的时候，还听到爸爸在喊："注意，自由力量的成员们，短吻鳄是个大麻烦。"

其实我还从没有见过短吻鳄，不过关于他的一切信息，我早就了然于胸了。毕竟他那丑陋的脸一直被贴在我们的奇迹通缉名单的顶层。他有一双黄色的大水泡眼，一嘴牙齿比剔骨刀还锋利。大概只有他的妈妈会喜欢他的模样。

我不是说爸爸的话有错，我只是觉得，爸爸的话还有点保守。在我看来，短吻鳄远远不止是一个大麻烦，他根本就是一枚致命的炸弹。

等我们赶到犯罪现场的时候，拱心石储蓄银行只剩下金库还存在着了。那幢大楼其余的部分，里里外外都被摧毁殆尽。短吻鳄把它炸成了碎片。不过这还不是最糟糕的。

远远不是。

尽管这里遭受了如此严重的破坏，附近却还有许多市民。我不知道他们为什么不逃跑求生。于是我走到一个人面前，想看看他出了什么问题。

然后我才发现，他变成了一尊雕像。

这样的雕像不止一尊，我随便扫了一眼，就看到了几十尊。

全都是硬邦邦的石像。

这些人全都被短吻鳄石化了。

被石化的人中有警官、银行职员、银行客户，大都是无辜的旁观者。他们都被吓呆了——被永远地吓呆了，再也无法动弹一下！

我当时也被吓坏了，急忙向技术霸主喊道："我们要救这些人！必须让他们恢复正常！"

但技术霸主只是摇了摇自己的小脑袋说："这不可能。他们变成石头之后，血液就会停止流动。恐怕他们都已经过世了。"

我义愤填膺——我们每个人都很气愤。我知道，我们必须抓住短吻鳄，否则他还会把更多的人变成石像。但现在我们根本找不到他。

爸爸建议我们分成几支小队以加快搜索速度。我和阿飘是一队，但我们在哪里都找不到短吻鳄。我建议阿飘将自己传送到一幢大楼的顶上，好观察到更广的范围。我觉得我一个人待上几秒钟应该不会有事。

就在我们分开的时候，我看见了他——那两只黄色的眼睛在一辆卡车下面一闪而过。很快，他完整地出现在我的视野里。他身材高大，肌肉发达，全身碧绿，还拖着一条长尾巴。他背着一只麻袋，闪电般蹿向地上的一口检修井，掀起井盖——就像掀起一张纸一样——跳了进去，又顺手把井盖放了回去。

如果我没有看见他，他一定就这样溜走了。但只要有我在，他就逃不出法网。

我迅速考虑了一下呼叫伙伴前来支援。不过我觉得，我一个人也能应付。现在我是自由力量的一员了，这是我的机会，我要让他们看看我成长了多少。如果我能靠近短吻鳄，就可以彻底消除他的力量，那时他就不会那么危险。这个计划看上去是如此合理。

那么，为什么我还不跳下去将坏人绳之以法？

那些石像一个个地从我的脑海中闪过：一个女人正在打电话；一个男人从手中的报纸上抬起头；一个警察英勇地拔出自己的枪……他们唯一的共同之处就是在错误的时间出现在了错误的地点——哦，还有一个共同之处是他们脸上那极其恐惧的神情。

我有些好奇，他们是否能感觉到自己的皮肤变得坚硬，血液流速减慢，心跳最终停止？

汗水滴进了我的眼睛，我抬手把那滴汗揉掉。我也非常害怕，但如果我不把心里的恐惧赶走，短吻鳄就会逃之夭夭，会有更多的人被他变成石头。

这是我要完成的任务，而且现在我还拥有完成这项任务所需要的工具。这都要感谢暗影鹰和技术霸主。上一次冒险结束后，我意识到自己需要更多的工具，以防再遇到我无法战胜的敌人——虽然我不是很愿意承认，但这种情况似乎经常会发生。

所以，他们为我设计了一条多功能腰带。

我打开腰带前面的左侧夹层，抽出一支迷你手电筒，用牙齿咬住，伸手抓住井壁上生锈的梯子，开始下井。几秒钟之后，我完全被黑暗吞噬了。到了井底，我从梯子的最后一级横档上跳下来，冰冷的积水一下子没过了我的脚踝。

真是刺激！

这里的臭气呛得我直流眼泪。我打开手电筒，把周围照亮。这条下水道潮湿且灰暗，到处都是一片片黑色的苔藓，被蜘蛛网覆盖的管子沿着墙壁朝远处延伸，没过我脚面的水呈现出一种浑浊的棕褐色。

好吧，如果要选世界上最令人毛骨悚然的地方，我一定投这里一票。

不幸的是，短吻鳄已经连影子都看不到了。我耽搁得太久了！但我必须抓住他。那么，我要朝哪边追？

就在这时，我听到右手边传来一阵吱吱声。我把手电筒转过去，看见两只大老鼠正沿着墙上的管道全速飞奔。我猜技术霸主应该没有举办晚宴的打算。不过，我注意到它们的嘴里叼着一些东西。

是钱！

银行的钱！

短吻鳄一定在那边！

我向前冲去，我蹚水的声音立刻沿着隧道传了出去。如果短吻鳄刚才还不知道我下来，现在他一定知道了。我急忙用手电筒朝四下里乱照，希望能够在那个恶棍抓住我之前看见他。

随着我在下水道中越跑越远，我的心里开始犯起嘀咕：也许我不应该自己一个人下来，也许我应该先召集伙伴，也许我……

"欢迎。"一个低沉油腻的声音撞进我的耳朵。

——我有大麻烦了！

听起来，这声音就在我的正前方！我急忙把手电筒对准那里，却没看到短吻鳄。

"你很勇敢，不过也有可能是个彻头彻尾的傻瓜。"这一次，他是在我的身后说话，"这些下水道就是我的家。你在这里赢不了我。"

我转过身，但他又消失了。他实在太快了！

一阵溅水声响起，手电筒从我的手中飞了出去！

"现在你什么都看不见了。"短吻鳄的声音出现在另一个方向，随后他邪恶的笑声回荡在整个下水道中。

我的眼前一片漆黑。他有可能就站在我面前，看着我在原地打转，就像一个被蒙住眼睛，想要打破礼物彩罐的傻瓜。我知道，现在只要他愿意，他随时都能杀死我，但他没有。也就是说，他在戏耍我。他觉得我已经毫无反抗的力量了。

那么他就想错了。

我把手伸到多功能腰带里，抽出一根燃烧棒，掰掉顶端的火帽，在粗糙的砖块墙壁上一擦，整个下水道突然被焰火照亮了。现在我才明白，为什么暗影鹰在离开家的时候一定要带上这种燃烧棒。

我伸直手臂，用燃烧棒去照亮周围。现在该让短吻鳄尝尝失去力量的滋味了。那么，他到哪里去了？

我听到头顶上传来一点剐蹭的声音。

在那里！

他凶狠地扑到我身上，巨大的身体一下子把我压到水里。我的鼻子擦在水泥地上，嘴里灌满了脏水。我拼命想要挺起身，但地面太滑，我又摔了个狗啃泥，重新没入水里。然后，我感觉自己被水流冲走了。

我伸出手，想抓住一样东西让自己停下来。但水流太强了！我一次又一次沉入水中，就连喘口气都变得异常困难！我挥舞手臂，寻找一切固定的东西。终于，我抓住了一根从墙上伸出来的管子。我的身体狠狠地撞在水泥墙面上。我努力用脚跟抵住水泥墙，把身体稳定住，然后抬起一条腿跨到那根管子上，用尽全身的力气抱住那根管子。

我大口喘着气，庆幸自己还活着。现在我距离爬下来的那个井口一定有几公里远了。短吻鳄又不见了踪影。这时我才发现，我能看见周围的东西了——在我的头顶上方出现了一个检修井口，还是敞开的！一缕缕阳光正从那里倾泻下来。

短吻鳄一定是从下水道顶部溜走了！我还不知道他有爬墙的能力，看来他的奇迹档案需要更新。不过这件事不着急，现在重要的是尽快离开这里。

我伸手到多功能腰带中拿出一把爪钩枪，瞄准检修井口，扣下扳机。爪钩向上飞起，落在井沿，后面挂着的绳子立刻被拉紧。我松开扳机，绳子自动缩回枪身内，把被泥水浸透的我从下水道里拽了出去，拽回到了自由的阳光中。

一到地面上，我就打了个滚，感觉自己终于回到了文明世界。我躺在地上，又湿又冷，还臭得好像移动厕所。我闭上眼睛，先吸了一口新鲜空气。

好吧，真是一场绝对的失败。

"呃，天哪，真恶心！"一个女人喊道。

我睁开眼睛，发现我的周围全都是摄像机。

新闻摄像机。

太棒了。

"这是英雄还是恶棍？"有人在问。

"你认识带着这种味道的英雄吗？"另一个人反问。

"闭嘴，好好拍摄。"一个女人说道，"嘿，孩子，是你要为这一切负责吗？"

等等，什么？

“是不是你炸了银行？”

你们在开什么玩笑？

突然间，无数问题向我轰炸过来。我必须离开这里，但我现在累得连动一下都做不到。

“请让一下！”一个熟悉的声音响起。

那些新闻记者一下子都退到了一旁。正义队长大步穿过人群，飘在背后的金色斗篷看上去真是耀眼夺目。

“请让开一些，”他命令道，“给他一点空间。”

他跪在我身边，悄声问：“你还好吗？”

“还可以。”我悄声回答。

“你刚才跑到哪里去了？”爸爸又问我。

“在下水道里。我……我在追短吻鳄，但他还是逃掉了。”

“你在追短吻鳄？”爸爸惊讶地问，“你找到短吻鳄了？”

“是的。”我还是有点头昏脑涨，“我们在下水道里大战了一场。嘿，你知道吗？那里的老鼠足有技术霸主五倍那么大！”

“那个不重要。”爸爸继续问我，“你为什么不呼叫我们？”

“我……我不知道。”我老实地回答，“我不想让他逃掉，而且我想做一些不同寻常的事。”

爸爸用双手揉搓着自己的面颊："哦，你做的事已经不同寻常了。不过，结果应该和你希望的也完全不同。"

"你是什么意思？"我问。

"我估计，短吻鳄在你出来前两分钟才从那个井口钻出来。"他说。

"是的，有可能。"我又问爸爸，"但你是怎么知道的？"

"太明显了。"爸爸转头向旁边看去，"因为只有他能留下那个。"

留下什么？

我坐起身，朝爸爸注视的方向望过去，这才注意到一尊雕像。

但那根本就不是什么雕像。

那是阿飘！

奇迹档案 // 自由力量

正义队长

奇迹能力：**超级体能**
奇迹等级：

洞察女士

奇迹能力：**精神力量**
奇迹等级：

荣耀少女

奇迹能力：**飞行**
奇迹等级：

暗影鹰

奇迹能力：**无**

零点超人

奇迹能力：**奇迹控制**
奇迹等级：

技术霸主

奇迹能力：**超级智力**
奇迹等级：

蓝闪电

奇迹能力：**超级速度**
奇迹等级：

哑剧大师

奇迹能力：**魔法**
奇迹等级：

阿飘

奇迹能力：**能量操纵**
奇迹等级：

·第二章·

我把我的制服
挂起来了

我完全糊涂了。

就这样，当团队其余的人把阿飘搬到自由之翼的货柜里时，我爬上自由之翼，一屁股坐到我的椅子上。我知道我应该去帮忙，但我没办法去看阿飘被石化的脸。

尤其是在我做了那些事之后。

整支团队都上了飞船，但没有人看我一眼。大家只是坐在各自的位置上，我们就出发回家了。我的视线没办法离开阿飘的座位。现在那里是空的——这全都是我的错。

返程的飞船中充斥着令人尴尬的沉默。大家可能都在想着该如何安慰我。他们也许会对我说，这没什么，只是一场意外，是工作中难以避免的风险。

但我知道，事情没这么简单。

阿飘的不幸都是因为我。

我相信，自由力量的成员在内心深处对我还有疑虑，不知道是否应该信任我。而我又怎么能责备他们？我一次又一次把行动搞砸，谁知道下一次又会有谁因为我而遭遇不幸？

我几乎能猜到妈妈和爸爸会说些什么。虽然我似乎已经两次拯救了这个世界，但他们还是会告诉我，我还太稚嫩。也许他们还会要我休息一段时间——很长很长的一段时间。

但我不会给他们这个机会。

一回到原点，下了自由之翼，我立刻宣布："女士们、先生们，我将立即从自由力量退役——永久退役。"

然后，我把多功能腰带递给爸爸，径直向我的房间走去。

"艾略特，等等！"妈妈在身后叫我，我却假装没听见。

小影轻手轻脚地跟在我身后，一路上不停地呜咽着。我很感谢它的好意，但一走进我的房间，我就告诉它，我需要单独待一会儿。然后我就关紧了房门，脱下散发着下水道气味的紧身服，钻进淋浴间痛哭起来。

我还是无法相信刚才发生的一切。我从没有想过短吻鳄竟然会逃走，更从没有想过阿飘会变成石头。我以为我在做正确的事情——作为英雄应该做的事情。

但我显然不是当英雄的料。

我是一个危险分子，是一股会移动的破坏性力量，会对社会造成威胁。所以我别无选择，只能脱下自己的战袍。这样对所有人都好。

明天，我会请妈妈重新为我在拱心石中学登记，回归正常生活，先读完平平无奇的六年级，不必再追捕超级恶棍，不必再去冒生命危险，不必再犯什么愚蠢的错误了。

我用毛巾擦干身子，盯着镜子中的自己。我的头发湿漉漉的，眼睛因为哭过而变得通红。好吧，从明天开始，我就会是一个标准的无名少年。

我不会再关注奇迹超脑的报警，不会再去完成任何英雄任务，而是会在家庭作业中度过残生；不会再与超级恶棍决一死战，而是会小心翼翼地躲避校园霸凌。好吧，这听起来是不是很酷?

或者我应该说,我的感觉很糟糕?

我穿上一身运动衫,一头倒在床上。糟糕就糟糕吧,这就是我的新生活,所以我最好赶快适应。我开始数天花板上镶嵌的砖块……

嘭嘭!

是敲门声。

"没人在家!"我喊道。

"嘿!"格蕾丝也高声喊道,"把门打开。"

格蕾丝?她来干什么?

"好了,艾略特。"她还在敲门,"让我进去,否则我就让哑剧大师把这扇门变没。"

"太棒了!"我翻身从床上坐起来,"你想干什么?"不过,我大概知道答案。无论我搞砸了什么,格蕾丝总是会刮刮我的鼻子,再把我嘲笑一番。

我打开门,发现她就站在我面前,双手交叉在胸前。她已经摘下了面具,一头金发整齐地束在脑后。

"我们谈谈。"她大步走进房间,坐到床尾。

"那就谈吧。"我摔上门,"谈什么?"

"听着,小子,"她说道,"我知道阿飘的事情让你感觉很糟,但你不能就这样放弃。你是超级英雄,是自由力量的一员。那不是你的错,那样的厄运随时都有可能发生。"

等一下，她是在安慰我吗？

"听着，对阿飘做那种事的不是你，"她继续说着，"而是短吻鳄。"

"但那是我的错。"我说，"我没有呼叫你们——那才是我应该做的。我以为自己能搞定一切，实际上……我不能。所以我总是在想，如果那时我不那么做呢？如果那时我呼叫支援，结果又会怎样？"

"艾略特，"格蕾丝说，"你这种想法会要了你的命。好吧，就算你真的呼叫了我们，又会怎样？也许这一整件事不会发生，但也有可能你自己会当场变成石头。"

"那也是我活该。"我嘟囔着，"我就应该变成石头。"

"听着，"我的姐姐站了起来，"成为英雄的路上没有指导手册，任何事都有可能发生。如果你认为怎样做是正确的，就放手去做。大多数时候，你的选择不会有错。但有一件事你绝对不能做，那就是放弃——尤其是放弃你自己。"

她伸出一根手指，顶起我的下巴，强迫我看着她那双湖蓝色的眼睛："明白了吗？"

我装出一个微笑说："我会好好考虑的。"

"很好。"她说道，"但先注意一件事，是为了你好。"

"什么事？"

"别看电视。"她眨眨眼，就走了出去，关上了房门。

我开始在房间里踱步。是的，我很感激她对我说这番话，但我真的认为自己做不了英雄。我不想再让任何人因为我而受伤。她说别看电视又是什么意思？

哦，不！

我拉开房门，冲进走廊，朝起居室跑去。蓝闪电和哑剧大师正懒洋洋地躺在沙发里，脚跷在皮革软垫上。

他们正在看新闻。

一个方下巴的播报员正盯着摄像镜头，一脸坏笑地说："如果你生活在与世隔绝的岩洞里，到现在都还没看过今天拱心石储蓄银行大劫案的现场画面，也许你会想要坐下来好好看看这个。"

随后，电视画面切到了阿飘身上。他已经被石化了，还抬起双臂遮住了眼睛。一名现场记者开始讲述："今天，一个被称为'短吻鳄'的恶棍摧毁了拱心石储蓄银行，将现场的二十五个人变成了石雕，其中还包括被称为'阿飘'的英雄，自由力量的一个学徒。"

摄像镜头突然向下一转，落在阿飘已石化的腿上，那里趴着一团看上去黏糊糊的棕褐色的东西。

"尽管自由力量就在案发现场，但他们没能捉住短吻鳄。不过他们至少捉住了他的同伙，就是这个刚从下水道中爬出来的家伙。"

他的同伙？那是谁？

镜头拉近，给了那个神秘同伙一个特写，画面上全都是那张脏得不行的脸。

等一下！那是我！

"现在这名罪犯的身份还没有揭晓，"记者继续说道，"不过我们媒体界已经开始管他叫'臭蟒'了。因为……嗯，你们看看他的样子，大概就知道他有什么气味了。自由力量应该会把他转移到禁地监狱……"

"把电视关掉！"我瞪着蓝闪电和哑剧大师，吼道。

"嘿，放轻松，小臭蟒。"蓝闪电微笑着说。

"我不开玩笑！"我继续吼道。

"噢，抱歉，"蓝闪电向我道歉，"我只是开个玩笑。"

哑剧大师一抖手腕，一个硕大的紫色和平标志出现在半空。

"艾略特，"蓝闪电说，"你知道这不是你的错，对吧？"

"为什么每一个人都要不停地这样说？这当然是我的错。这全都是我的错！"

没等他们再说什么，我已经跑出了起居室。我只想一个人待着。我的胃开始翻腾，提醒我已经有好几个小时没吃东西了。所有的食物都在餐厅。我希望那里没有人，这样我至少可以抓一些零食再返回我的"孤独堡垒"——也就是我的房间。

但我并没有这样的运气。

暗影鹰正坐在桌子旁，狼吞虎咽地吃着他的招牌美食——

花生酱香蕉三明治。"嘿，小子，"他说道，"来一个吗？"

"不了……"我话说到一半，口水却差点流出来，"嗯，来一个吧。"

"很高兴你喜欢。"他把最后一口三明治塞进嘴里，站起身向案台走过来，"感觉怎么样？"

"说实话，"我靠在案台上，"不怎么样。"又要来了。现在我最不希望得到的就是同情。

"明白。"暗影鹰一边说一边剥开一根香蕉，又伸手到多功能腰带里拿出一把鹰嘴小刀，用大厨般的刀功把香蕉切成片，"毕竟，阿飘的事情是你的错。"

等等，什么？他刚刚说那是我的错？

"因为你放弃了责任。"他把花生酱抹在面包上，"而我本来对你还有更多的期待。"

什么？我愣住了。我张口结舌！他怎么能这么说？他怎么不同情我？难道他不在乎我现在的感受吗？

"怎么了？"他观察着我的表情，把鹰嘴小刀洗干净，收起刀刃，把刀插回到多功能腰带里，又把三明治递给我，"成为一名超级英雄，意味着要担负起重大的责任。无论是无辜的人，还是英雄，都会遇到危险。我不会为你粉饰过失，如果你觉得自己不适合这份工作，那么放弃制服也是一个正确的选择。"

我吃力地咽了一口唾沫。我……我不知道该说些什么。

暗影鹰用戴着手套的手拍了拍我的肩膀："不过我见过你在战斗中的样子，我知道你有这个能力。听着，真正的超级英雄不会逃避自己的错误。他们会坦诚面对错误，这样下次才不会犯同样的错误。用一些时间思考一下你该怎样做才能让结果有所不同，然后把自己收拾好，重新披上斗篷。但不要耽搁太久，明白？"

"是的，"我说，"我明白了。"

"很好。"他笑了一下。

奇迹超脑突然又嚷嚷了起来："警报！警报！警报！等级二干扰。能量信号识别为血猎手。警报！警报！警报！"

"也许这一次你可以给自己放个假。"暗影鹰冲我眨眨眼。

"谢谢，"我说，"也谢谢你的三明治。"

"好好享受假期。"暗影鹰说完就出去了。

我在走廊里慢慢晃荡，同时咀嚼着三明治和暗影鹰的话。他的话就像是给我的一记耳光，但这正是我需要的。当然，他是对的——他一直都是对的。一直以来，我只想成为超级英雄。但如果我要再次穿着斗篷走出这里，我就要先闯过自己心里这一关。

所以我需要做一些事情，无论那会让我多么痛苦。

我已经来到了原点的西区，于是我向左转，慢慢地向一个我不愿意靠近的地方——技术霸主的实验室走过去。

白色的对开门扇自动滑开，露出一个巨大的下沉式房间。我立刻有了一种感官过载的感觉——这里每一平方英寸的墙壁上都排满了颜色和大小各不相同的烧杯、试管和瓶子。许多环形隔板从地面一直延伸到天花板，隔离出一个又一个宽大的圆柱体独立空间——那些空间中往往充满了怪异的气体。房间中央摆着许多黑色的实验台，上面全都是显微镜、电脑显示器、电路板等各式各样的仪器。这里根本就是一个科学怪人的天堂。

不用多说，技术霸主的实验室就是一个能让爸爸发疯的灾难现场。而技术霸主还特别喜欢叫爸爸来帮它做各种实验——可能它只是想看看爸爸面部抽筋的样子。我知道爸爸很想找一个垃圾袋，把这里的一切都清理干净，但他不能冒险破坏技术霸主的发明。他们就像在玩一个奇怪的小游戏。我想，他们是一对奇怪的超级英雄搭档。

我经过一辆小推车，那里面装满了像蠕虫一样的电磁零件。我向推车后面望过去，寻找那个让我来到这里的原因。我在房间的一个角落里找到了他。他的身上现在接满了各种监测设备，就像被包裹在渔网里。

阿飘。

我伸出手，摸了摸他那冰冷坚硬的胳膊。在得到暗影鹰的教训之前，我一直没有胆量来看他，这让我非常自责。

我应该向他道歉。

"嘿，伙计，"我说道，"能听见我说话吗？"

我抬起头，看向高处的一台显示器。那上面显示着阿飘的生命指征——只有一条条纹丝不动的直线。我不知道阿飘是不是还在这里，能不能听到我说的话，会不会只是无法向我做出回应。

"我……我很抱歉。"我的眼泪一个劲儿地滚落到面颊上，"我不知道你会撞上他。希望你能原谅我。"

没有回应。

"如果你还在，如果你能听到我说话，就给我一个信号吧。"

呼呼！

我下意识地一闪身——一种温热的感觉从我的身上掠过。这到底是怎么回事？

我后退一步，仔细去看阿飘，但看不出一丝变化。不过，我注意到舷窗外有什么东西在闪闪发光。

那里有一道痕迹。

一道明亮的痕迹！

我沿着那道痕迹一直看过去，它仿佛来自深层太空——而它的目标是地球！

我记得这样的痕迹，而那段回忆让我的心一直坠到了脚指头上。

我知道谁会制造出这样的痕迹。

信使！

奇迹档案

短吻鳄

▎姓名：安东·宾	▎身高：1.9 米
▎种群：人类	▎体重：102 千克
▎身份 / 状态：恶棍 / 活跃	▎眼睛 / 头发：黄色 / 秃头

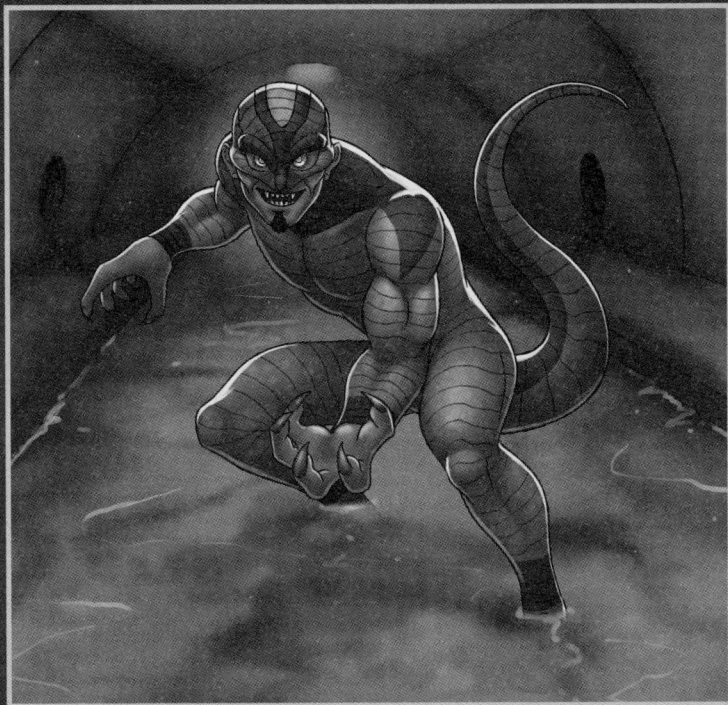

奇迹等级三 / 能量操纵	能力评分	
▎极限石化	战斗力 85	
▎极限敏捷	耐受力 90	领导力 55
▎能够攀附在物体表面	策略 69	意志力 87

·第三章·

我制造了一起
国际事件

我匆匆给爸妈写了一张字条，从装备室拿出一套新制服，蹑手蹑脚地绕过正在走廊里打盹的小影，走进机库。

不到一分钟时间，我就驾驶自由之翼飞进了太空，向信使留下的痕迹全速驶去。无数事情掠过我的脑海，让我甚至不知道该从什么地方开始思考。上一次我看到信使，他降落在一颗名叫"普罗塔拉安"的行星上。随后，那个被称作"灾星"的世界吞噬者就降临了！

自从虹吸在竞技场世界摧毁了秩序和混沌以后，我就一直担心这样的事情会再次发生。那对管理整个宇宙的兄弟消失了，没有人能够控制这个以行星为食的怪物，灾星迟早会再次出现并毁掉某个世界。只是我从没有想到它的目标会是我的世界！

不过，我也是在那时知道了宇宙不止一个。像格蕾丝二号所在的那个宇宙，就是我们的镜像宇宙。所以地球其实也有好多个。而灾星仍然选择了我所在的地球。

为什么我总是这么走运？

幸好信使可能是全部时空中最糟糕的捉迷藏玩家，他留下的痕迹比太阳还要明亮。不过，找到他是一回事，追上他就是另一回事了。这家伙还真够快的！

根据自由之翼的雷达指示，我进入了地球大气圈的亚洲区域。我看到信使先是穿过一片群山，然后再次飞到海面上。

在我看来，我的任务很简单：首先，抓住他；随后，把他从这颗行星上赶走。这看上去一点也不复杂。现在我只有一个小问题。

我完全不知道该怎么做。

不久前，我被黄道十二宫绑架。那是一支由外星年轻人组成的英雄团队。他们认为我拥有湮灭球，那是唯一能够摧毁灾星的东西。当时我都不知道湮灭球就在我的体内，但他们是对的。那个球一直隐藏在我的身体里，是虹吸在吸收我的力量时把它拽了出去，紧接着又利用它摧毁了秩序和混沌。当然，那个球也随之一起灰飞烟灭了。

现在我能依靠的只有自己。

提前退休的美梦就此结束。

我追赶着信使留下的痕迹，穿过一片厚重的云层。当我从云团另一边冲出来的时候，立刻就发现我终于追上了他。

因为他正在等我。

热浪扑面袭来，势头又快又猛。我努力让飞船升高，但飞船的左翼还是被热浪狠狠击中，立刻燃起熊熊火焰。我启动外部冷却喷嘴想要灭火，但泡沫灭火剂喷干净后，我的机翼还在燃烧！信使用来攻击我的不是普通火焰，而且现在火势还在向驾驶舱蔓延！

我的传感器开始疯狂地叫。我急忙查看雷达屏幕，想知道还有什么坏消息。

信使亲自杀过来了！

我急忙掉转自由之翼的方向。另一股热浪这时击中了飞船的右翼。我必须甩掉这个大麻烦，而且要快！但我该怎么做？我已经变成了天空中的一只笨鸭子！

我向下望去，看到了一大片开阔的水面——这么多水一定能把火熄灭吧！

我向前推动操纵杆，自由之翼向大海冲去。同时我将飞船调整为两栖模式，全身绷紧，准备迎接冲击。

轰隆！

自由之翼像尖刀一样冲进水中，并且一直扎向深水。天空中的信使看不到我了。我再次查看雷达屏幕。这一次，信使终于消失不见了，但我也没办法再追他了，真棒！

我检查了一下机翼，以为火焰都没了，但它们还在！高大的火头还在放肆地燃烧！这怎么可能？

强烈的光线突然遮蔽了我的双眼，我下意识地踩住刹车。这是怎么回事？几秒钟时间里，我的眼前只有一片金星。等到视野慢慢清晰一点后，我看到了完全出乎意料的一幕。

在我的飞船前面大约两米远的地方，信使正漂浮在海水里。他在正常呼吸，而且身上依然喷出炽烈的火焰。

现在不求饶的话，我就死定了！我在控制面板上找到外部通话系统，把它打开。还没等我开口，我就听到……

"我认识你，小家伙。"

我抬起头，发现他将双臂抱在胸前，正盯着我——应该是在审视我。然后我意识到，我能看见他本人，是因为他周身的火舌不再像刚才那样猛烈。他身材高大，肩膀宽阔，不过面部五官仍然被火苗遮挡着，没办法看清。我只能看到他有一双尖耳朵和一只鹰钩鼻。

"你……你认识我？"我紧张地问。

"是的。"他那像篝火一样充满了爆发力的声音响起，"你在竞技场世界战斗过。那是在一切崩坏之前的最后一场战斗。你是那些所谓的英雄之一，一个小不点英雄。"

这个"小不点"立刻让我热血上涌。

"而你则是一个奴才，"我反击道，"灾星的奴才！"

浑身冒火的男人放声大笑："看来你知道灾星。很快灾星也会知道你，还有你的世界。"

等等，他刚才是不是说"很快"？这是不是意味着灾星还不知道我和我的世界？我还有机会！

"你为什么不赶快逃走，"我喝问道，"趁着你还有机会？"

"幽默就是你的超能力吗？"他反问我，"不过我认为，这已经不重要了。你的命运已经被确定了。"他抬头向上望去，"我的工作是为灾星寻找富饶的行星。只是我担心这份工作将变得越来越困难。没有了秩序和混沌，多元宇宙正在崩塌。只是在一眨眼的时间里，就有许多个星系不复存在。

它们的规模都和你所在的银河系一样，于是它们内部的无数行星也一起消失得干干净净。我从深层空间察觉到，你所在的银河系还没有受到影响，属于稳固的星系之一。现实模糊还没有延伸到你们这里，至少暂时是如此。"

"现实模糊？你在说什么？"

"我已经和你浪费了太多时间。"信使说，"灾星早就饿了。"

他真的要逃了！我必须阻止他，不能让他把灾星引到这里来！

我不确定自由之翼的武器能否对这家伙造成什么影响，不过我有更好的武器——奇迹能力！

我希望我的能力足够强。

我拼命集中精神，让我的消除能量铺天盖地地涌向他。他全身耀眼的橙色火焰闪动了一下，就像掉进水里的蜡烛头一样熄灭了。

成功了？成功了！

"这是怎么回事？"他问道。

现在我要把他抓到飞船里来。就在我打算操作机械臂的时候，我突然发现雷达屏幕上出现了一个奇怪的光点。那个光点的速度很快，而且目标好像就是我们！

不会吧？那看上去很像是……

轰！

自由之翼猛地一歪。幸好我系着安全带，才没有从座位上飞出去。但是在飞船恢复平衡的时候，我的面颊狠狠地砸在了控制台上。

这样会留疤的。

我不知道出了什么事，但现在不是担心这个的时候。我要先抓住信使！只是我抬起头，却找不到信使了。他跑到哪里去了？

就在这时，自由之翼完全脱离了海水。我以惊人的速度一下子升高了几百米！然后飞船又猛地停住。我绷紧身体，准备迎接一场自由坠落，但什么都没有发生。我低下头，惊讶地发现飞船正停在一根粗大的水柱上！

"你没有得到授权飞越这片空域。"一个男人的声音响起，"表明你的身份。"

我看到一个戴着红色护目镜、身穿蓝色潜水服的家伙骑在一道海浪上，就像骑着一块冲浪板。他挥起手臂做了一个切割的动作，自由之翼立刻扑向大海，开始了自由落体运动！不过他又一抬手，我被另一道波浪接住了。

他就是雷达屏幕上那个奇怪的光点！

他能控制水！

"等……等一下！"我被这种剧烈的颠簸弄得有些恶心，"我是零点超人！你是谁？"

"我是津波。"他回答，"你有五秒钟时间告诉我你为哪个政府工作，否则我就把你淹死在我的大海里。"他举起双手，我又飞回到空中。

"等等！"我喊道，"现在不是你想的那么回事！"

我重重地落在又一道波涛上！现在我才知道，原来我是重度晕船症患者！

"快说话。"他喝令道，"别等我动手！"

"听着，如果我违犯了什么国际条约，我很抱歉。我是自由力量的成员，我正在阻止那个全身着火的家伙。如果他逃出地球，就会带回来一个又大又可怕的怪物。到时候你连自己的脚踝都保不住。"

"什么全身着火的人？"津波问。

一道明亮的橙色火焰突然穿出水面，飞入高空，拉出一道长长的光痕。

"就是那个家伙。"我看着信使消失在平流层——他还是逃走了，我本来能抓住他的，"好吧，我想我们都要完了。"

"你是自由力量的成员？"津波问。

"是的。"

"但你只是个小孩？"

"是的，这一点不能否认。"

"你跟我们走。"津波说。

"我们？"我问，"谁是'我们'？"

"我们是东方最强大的英雄。"一个洪亮的声音出现在我的左侧，"我们是旭日。"

我转过头，看到另外四个穿着超能者制服的人正盘旋在自由之翼旁边的空中。他们是从哪里来的？他们之中为首的是一个身披绿色斗篷、胸前有龙形徽章的大汉；另一个人穿着武士盔甲，手里拿着一把发光的刀；一个长发女子穿着空手道制服；还有一个女孩戴着白色面具，右眼下方画着一滴泪珠。

呃，他们看上去不像是很喜欢我的样子。

信使已经逃了，我也没有理由继续留在这里。这些人显然都是超能者。如果我不赶快离开，恐怕会遇上大麻烦。但问题是，我的机翼还在烧着。

"禅，"津波说，"消除他的力量。"

什么？还没等我有所反应，我就感觉到有什么东西进入了我的意识。随后，我听到了一个温和的声音。

"睡吧。"

那个戴面具的女孩是一个精神力量超能者！

我的眼皮一下子变得很沉。

我需要使用我的能力！

我……

需要……

离开……

奇迹档案

信使

姓名：未知	身高：2 米
种群：未知	体重：147 千克
身份 / 状态：宇宙生命体 / 活跃	眼睛 / 头发：橙色 / 秃头

奇迹等级：无法衡量	能力评分	
超极限太阳能	战斗力 100	
	耐受力 100	领导力 75
是宇宙怪物"灾星"的哨兵	策略 86	意志力 100

·第四章·

我成了人质

"醒醒！"

那个女孩的声音又在我的脑子里响起来。我猛地睁开眼睛，又迅速闭上——明亮的灯光直接打在我的脸上。我眯起眼，观察了一下周围。

我正坐在一个台子上。这是一个小房间。除了照亮我的聚光灯，周围一片昏暗，阴影里有五个人。不需要细看，我就知道他们是谁。

我想要站起来，却完全动弹不得。冰冷的金属在摩擦我的手腕。是手铐？

太棒了，我变成囚犯了。

坐在我对面的人在椅子上动了动，向前俯身，这让他的身体显得更加魁梧健壮。他肯定就是他们的首领，那个胸前有龙形徽章的。

"那个全身着火的飞人是谁？"他问道。

"圣诞老人。"我的声音异常沙哑。这时我才感觉到自己嗓子很干，仿佛已经有好几天没喝过水了。我在这里多久了？

"我再问你一遍。"他的声音变得严厉起来，"那个着火的人是谁？"

我盯着审问我的人——他的脸仍然藏在阴影里。我可以说谎，但到了这个时候，我已经没什么可以失去的了。显然，无论我说什么，这个人都不会放过我。

"他被称作'信使'，"我回答，"是被称为'灾星'的宇宙怪物的哨兵。他为灾星标记出富饶的行星，供灾星吞食。我本来就要抓住他了，但感谢你的鱼脑子朋友，他逃走了。他会带着那个以行星为食的怪物回来，彻底毁灭我们。"

捉住我的五个人用外语相互交谈了几句。很不幸，我的外语不是很好，只记得几个不太难的西班牙句子，比如"鞋子有点紧"。所以，他们说什么我完全听不懂。

"你怎么来到我们这里的？"那个人继续问。

"嗯，驾驶飞船。"我回答。

他们问我这个做什么？他们抓住我的时候，我不正在自由之翼里面吗？

又是一通外语交谈。

那个人重新转回来面对我："我把问题说得更精确一些。那艘飞船来自哪一颗星球？"

什么？哪一颗星球？这个问题里有没有陷阱？我看着他，就好像他有两个脑袋一样："呃，地球。"

"真的？"他说，"那你怎么解释这个？"他回过头去，看了那个穿武士盔甲的伙伴一眼，"寂静武士。"

那个穿武士盔甲的人猛然迈步上前，抽出他的佩刀。那把刀又长又锋利，一定能把我削成肉泥。然后他就将那把刀举过了头顶！

"嘿，伙计！"我喊道，"小心，别伤着人！"

他向下一挥刀。不过他不是要砍我——那把刀在挥落的过程中仿佛形成了某种能量场，跃动的能量很快就变作一幅全息画面。画面里有我，还有旭日团队！等一下，这应该是我们刚才战斗的画面！

当时我正坐在自由之翼里，看着禅挥挥手让我入睡。然后那个寂静武士和穿空手道制服的女人登上自由之翼，把不省人事的我抬了出来。

看着自己被俘虏的感觉真是很奇怪。不过后面发生的事情就更奇怪了。

自由之翼突然变得透明了！很快它又变了回来。它就这样变化了几次，在画面中不断出现又消失。然后，让我感到惊愕的是，它完全不见了，就好像根本不存在一样！

发生什么事了？我刚刚还在那艘飞船里呢！

"那么，"那个人继续问道，"你把你的飞船送到哪里去了？回到你的星球去了？"

"什么？"我说，"不，我……我不知道发生了什么。"

"说谎！"那个人大吼一声，一拳把面前的桌子砸成两半，"我还要使用更有说服力的办法吗？"

"停，绿龙。"穿空手道制服的女子说，"看看他的眼睛，这个孩子显然什么都不知道。"

"我会判断这个孩子知道什么和不知道什么，格斗师。"绿龙说，"看着我的眼睛，孩子。"

他们突然关掉了聚光灯，我一下子能清楚地看到每一个人了。在绿龙身后站着旭日团队其余的人，格斗师一定就是那个女人，还有禅、津波和寂静武士。

　　"听着，"我说道，"这是一个巨大的误会。我并非来自其他星球。我是一个来自拱心石城的超级英雄。我只想拯救我们的星球，让它免于灭亡，就是这样。如果你们给自由力量打个电话，我们就能把这件事说清楚，我就能回家了。"

　　"你哪里都不能去。"绿龙说，"你可能是一个间谍，正在对我们的国家进行非法监控。你是不是把你找到的东西放在那艘飞船上，送回你们国家了？"

　　"没有，我只是个小孩。"

　　"那就仔细听着，小孩，"绿龙说，"你必须先让那艘飞船回来，然后我们才能讨论释放你的可能性。不管怎样，这种可能性都不大。"

　　"但它不是我弄没的。"

　　"也许一个晚上的单独囚禁能够帮助你恢复记忆。"绿龙又说道。

　　"等一下……"

　　"禅。"

　　哦，不。

　　"睡吧。"禅的声音再一次出现在我的脑海里。

我失去了知觉。

…………

我醒过来的时候，大约用了一纳秒意识到我有大麻烦了。我可能被关在了这个世界上最小的牢房里。不过，它的面积虽然小得可怜，功用却堪称齐备。毕竟这里只有我一个人，这个房间也只有一张小床和一个厕所而已。是的，你活下来所需要的一切这里都有。

我伸手摸了摸墙壁，是钨钢的——一种非常坚硬的金属。我不可能离开这里，这个房间的门看上去就至少加固了三层。

我还是感到有些昏昏沉沉的，于是甩甩头，想要把裹住脑子的那层蜘蛛网甩掉。那个叫"禅"的女孩在精神力量方面可能比妈妈更危险，我甚至感觉不到她的精神力量进入我的意识。下次见到她的时候，我必须先下手为强。

我站起身，伸了伸两条腿。这里没有多少空间可以让我散步。因为没有窗户，我也不知道现在是白天还是夜晚。

我是怎么把事情弄得一团糟的？我相信爸妈一定已经看到了我留的字条，现在一定都急疯了。如果我能够和他们取得联系，他们一定会把这里炸开，救我出去。到那时，我就能让旭日团队看看，谁才是真正的好人。

我又想起了灾星。当我在这间牢房里烂掉的时候，信使可能已经领着那个怪物直奔地球而来了。只有湮灭球能够阻止它，但湮灭球已经没了。就算有湮灭球，谁知道它能不能真的挡住灾星？更何况它还需要我的操纵才能发挥作用。

我必须离开这里！我用力去推牢门。当然，我不会以为这样做真的有什么用。我把多功能腰带留在了原点——这真是让我后悔死了！不过就算我带上了它，估计它也会被旭日团队抢走。

就在我想要用力捶墙呼叫救援的时候，我的身子忽然晃了一下。大概我还不像我以为的那样清醒，我的视线也还有些模糊。

等一下！

现实模糊！信使是怎么说的？整个星系都在眨眼间坍塌、消失，是因为现实模糊。

自由之翼又是怎么消失的？

先是变得透明，又回到现实，最后还是消失不见。

天哪！

自由之翼就是这种模糊到来的信号吗？我们的星系也要消失了？

我感觉到自己因为紧张而不停地喘气。我必须从这里出去，必须让自由力量知道当前的情况！也许技术霸主知道该怎么做！

但我真的被困住了。很快，旭日团队就会来继续审问我。如果我不说出他们想听的话，谁知道他们会做出什么事来！

如果我有能力冲出去就好了，就像爸爸一样，或者像阿飘一样传送出去，或者跳进一个虫洞，就像……就像……

风行者！

就是他！

上一次他通过传送把我从另一个宇宙带回家。我们告别的时候，他是怎样说的？只要我需要帮助，就召唤他！但他根本没给我通信工具，他怎么可能在这里找到我？我都不知道自己在哪里。

我闭上眼睛。

风行者！我用自己的意识呼唤。

然后我就睁开眼睛等待着，但什么都没有。

好吧，这样做没用。

我把耳朵贴到牢门上——对面没有半点声音。我在整个囚室中寻找摄像头和其他监控设备，也没有。无论我做什么，又会有什么损失？我已经没有退路了。

我深吸一口气，用最大的声音号叫起来："风行者！"

突然间，一个蓝色皮肤、黑色长发的男人出现在我的眼前。

是他！他来了！

但他看上去不太好。他握着自己的右臂，脸上还有一道很大的伤口。而他的眼睛——他的眼神看上去是那样……消沉。

"零点超人，"风行者虚弱地说道，"一听到你的召唤，我就尽快赶了过来，很抱歉还是耽搁了。"

"你完全没有耽搁。出什么事了？你怎么了？"

"我……我没事，我的朋友。但用不了多久，我的世界……我们所有人的世界，就将不复存在了。"

"这和现实模糊有关系吗？"我问他。

"现实模糊？"他惊讶地说，"看来你已经察觉到了宇宙正在遭受灾难。是的，我想我们可以这样描述这场灾难。就在此时此刻，多元宇宙正在崩塌——变得越来越模糊不清，直到归于一点。等这个过程完成的时候，所有镜像宇宙都将毁灭，只会有一个宇宙剩下，数不清的生命将在这一过程中终结。"

"我们能做些什么？"我问他，"一定有阻止这个过程的办法吧？"

风行者拨开脸上的一缕乱发，直视我的眼睛："我不知道。我的力量只允许我在不同维度的空间之间穿行。我用尽了办法想要阻止灾难的发生，但最终也只能眼睁睁地看着一个个宇宙毁灭。"

"信使说，发生这种事是因为秩序和混沌被摧毁了。"我说。

"信使在这里？"风行者瞪大了眼睛。

"是的。而且灾星正被他引来，要毁灭我的星球。"

风行者严肃地看着我："我的朋友，我很难过，但恐怕我们无能为力。"

"无能为力？"我喊道，"我不同意。听着，我也不知道该如何阻止现实模糊，但我不会缩在这里，看着灾星吃掉我的家。"

"当然。"风行者说，"抱歉，你说得对，我们是英雄，需要有所行动，哪怕是面对我们不可能完成的任务。让我来帮助你。我猜，你联系我是为了从这个牢房里出去？"

这是一个不错的开始。然后我要想办法摧毁灾星，而我能想到的办法只有用湮灭球。

但我的湮灭球已经没了。

我的湮灭球。

这个念头让我有一种古怪的感觉。那个球从来都不是我的。是它选择了我，我从没有选择过它。

我的湮灭球。

我的脑子里忽然亮起一只灯泡。等一下，风行者能够穿越宇宙，也就是说……

他能带我去另一个宇宙！

一个镜像宇宙！

那里可能会有一个镜像湮灭球！

"大个子，"我说，"我知道我需要你做什么了。"

就在这时，我们听到牢房外传来愤怒的喊声。

是旭日团队！

我跳进风行者的怀里，冲他喊道："我们赶快走！"

"那是什么人？"风行者问。

"以后再告诉你！"我高声催促他，"快点，别说话了，赶快开虫洞！"

牢门猛地被推开，绿龙闯了进来。

但他来晚了一步。

我们已经走了！

绿龙

奇迹能力：超级体能

奇迹等级：

格斗师

奇迹能力：变身

奇迹等级：

津波

奇迹能力：能量操纵

奇迹等级：

禅

奇迹能力：精神力量

奇迹等级：

寂静武士

奇迹能力：魔法

奇迹等级：

·第五章·

我去了一个
从没有小孩去过的地方

我们重重地落在地上。

风行者落地很稳，我却像一头刚出生的小鹿一样连站都站不稳，只觉得天旋地转。我伸出手想要抓住什么东西，好让自己不会摔倒。然后我感觉到风行者抓住我的手臂，让我找到了平衡。

"你还好吗？"他问。

哦，我完全忘记了跟风行者穿越次元虫洞就像坐最疯狂的过山车！"我……我应该没事。其实我不知道自己的身高够不够坐过山车。"

又过了几秒钟，我才想起来现在是什么状况。不过，眼前的情形还是有点问题：为什么举目四望，我只能看到天空中的飞鸟？

我这才意识到，我们站在很高的地方，脚下是一座绿色建筑，一些巨大的尖角结构以这座建筑为中心，向四面八方伸展开去。我抓住风行者的胳膊，视线越过建筑物的边缘朝下面望去，才看到一些很小的人在地面上走来走去。

等等，那些不是小小的人——是正常大小的人！我们站立的地方一定很高！

我回头去看风行者，看到他的身后有一只握住火炬的大手。

不是吧！

"我们正站在自由女神像上?！"

"是的。"风行者说，"你渴望自由，所以你首先就想到了这里。"

"真奇怪，不过也很有道理。"

"我是不是应该带你回家去？"

回家？这可是一个很大的问题。

说实话，我完全没想到要回家。有整个自由力量帮助我当然很好，但那么多人一起，想要秘密行动肯定不可能。而且，如果我把自己的计划告诉他们，他们说不定会阻止我去做要做的事。所以，我很快就打定了主意。

不回家，不去找家人。

我要当一个独行侠。

"不了，谢谢。"我说道，"不过我的确需要你把我送到另一个地方去。而且你要答应我，不把我的事情透露给任何人，好吗？"

风行者疑惑地看了我一眼："好。"

好吧，我显然是个疯子，所以才会再这么干一次。

风行者握住我的手臂，又把我拖进了一个恐怖的虫洞。我们就像在漆黑的洗衣机里游泳。我感觉到空间在我的周围收缩，不断向我们压迫过来，一阵凛冽的强风猛然吹到了我们的脸上。

我感觉自己一点力气都没有了。这是我经过的最漫长的一个虫洞，我们好像要永远留在这里。就在这时，我们毫无预警地被虫洞喷了出去。风行者像猫一样优雅落地，我则像一头河马一样摔在地上，滚了几下。

"你受伤了吗？"风行者问我。

"面子有点受伤。"我趴在地上嘟囔着，"别担心，我没事。"

"你确定？"他又问。

我爬起来，感觉胃里还在不断地翻腾。风行者仔细看了看我，想确认我有没有事。我没有垮掉。无论我有多害怕——相信我，我真的害怕极了——我都必须完成任务。

"很好。"风行者说道，"记住，你已经不在你的世界了。这里的环境看上去和你那里一样，人看起来也会很眼熟，但没有一样东西和你的世界相同。只要你留在这里，你最大的敌人就是你自己。如果你放松警惕，哪怕只松懈一秒钟，你都有可能因此丢掉性命。"

我深吸一口气，努力露出微笑："好的，好的，我明白了，我能应付。"

"希望如此。"风行者说，"现在，我必须先去解开现实模糊的谜题，希望还来得及。祝你好运，零点超人。如果有需要，就叫我的名字。希望能再见到你。"

"祝好运。"我说着，和他握了握手。

"不要忘记我说的事。"他再次叮嘱我，然后就走进一片黑色的虚空，消失不见了。

我只剩下了自己一个人。

在拱心石城。

另一个地球。

地球二号。

当我在竞技场世界作战的时候，就知道了我的地球只是许多地球中的一个，我的宇宙之外还有各不相同的许多宇宙。风行者称那些宇宙为镜像宇宙。既然我的世界有我，其他世界里自然也会有其他的我。

一开始我还很难把这件事想清楚，直到我遇见了格蕾丝二号和妈妈二号，才渐渐明白这一切都是真的，所有镜像宇宙都是真实存在的。

虽然我没有湮灭球，不能阻止灾星摧毁我的世界，但我确信，这个世界有一个人拥有另一个湮灭球。

艾略特二号。

根据格蕾丝二号告诉我的信息，艾略特二号和我完全不同。他是邪恶的，以铁腕手段统治他的地球。而且，他是金发，而我的头发是褐色的——这让我在想象他的模样的时候总会觉得有些奇怪。

我的计划很简单，一共分三步。第一步，到达地球二号。感谢风行者的界面穿越能力，这一步已经完成。第二步，找到艾略特二号，偷走第二个湮灭球。第三步，及时回到我的世界，阻止灾星。

看上去很简单，对吧？

我知道没那么简单，但我现在不能回头。哪怕只有一线机会，我也要拯救地球。

那么，如果我是个坏蛋，我会待在什么地方？

突然，我听到一阵马达的轰鸣声——肯定有一辆小轿车正开过来。我急忙躲到旁边的树篱后面。透过小树杈，我看见一辆涂成迷彩色的吉普车载着三个穿超能者制服的家伙开了过去。这很奇怪。他们看上去像是恐怖三人众——我的世界的三个奇迹等级一的恶棍，而这是一个不错的社区，他们怎么会在这里这么肆无忌惮地飙车？

我向周围扫了一眼，才发现这里并不像我以为的那么好。在这个世界，这个社区的每一幢房子仿佛都废弃了，至少需要大修。窗户破碎，房门被踢开，房顶上破开一个个大洞，就好像这里发生了一场战争，而且完全没有人来收拾残局。

我想起格蕾丝二号在竞技场世界告诉我的一切。她说，这里的英雄都消失了，超能者的犯罪集团控制了一切，而且为了争夺地盘不停地战斗。当时我就觉得这个世界一定很糟糕，却没想到竟然会这么糟糕。这里似乎找不到一个正常生活的人。英雄们都到哪里去了？

这里的景象太让人伤心了。但现在最重要的是，我不知道下一步该做什么。不管怎样，我知道我不能坐在这里。

等那辆吉普车一飙过去，我就用最快的速度跑过街道，躲到一棵树后。从这里，我看见一块路牌挂在杆子上晃来晃去。等一下！我是在拱心石城中央大街，也就是说，只要再过几个街区，就是……

道具屋！

情况一下子变得清晰起来！在我的世界里，道具屋曾经是我们从原点到地球的地面站点，我们利用它来伪装成过着正常生活的普通人。如果这里的情况也一样，也许我能利用道具屋的传送机找到格蕾丝二号和自由力量二号，请他们帮助我！

沿着这条街道向我曾经的家走去，我的心中生出一种奇异的激动。走到这条街的尽头，向左拐，再过几个街区，这比我想象中容易多了！

我听到身后传来脚步声。

有人正从后面跑过来，好像是在追我。

我转过身，准备战斗，却惊讶地发现背后空无一人。这太奇怪了。我发誓，我肯定听到了什么。我摇摇头，也许我的大脑又骗了我？毕竟这不是第一次了。

突然，我用余光看到高处有一丝异动。我急忙钻到一辆烧毁的卡车下面，抬头向上看去——六个超能者正从天空中飞过。我看不出他们是谁，不过从他们排成的 V 字阵形来看，他们很可能是正在巡逻！

我尽可能地把身子全都缩在卡车下面。如果心脏可以跳得很远，现在我的心脏每分钟跳动的距离大概有两公里。只希望他们没有看见我，但这怎么可能呢？刚刚我就像个傻瓜一样一直在街道正中央晃荡。要是我在进入道具屋之前就被抓住，那一切都完了。

我又等了几分钟，才冒险探出头来。那支巡逻队已经过去了，而且我还看到道具屋就在前面。重新看到自己住过的地方，我一下子连气都喘不匀了——不过现在我的情绪和怀旧没有半点关系。

这幢房子明显向左边歪了过去，屋顶下陷，门窗都用木板封住了，门廊的柱子已经变成了一堆碎砖破瓦，散落在门前的草坪上。

怎么破败成这样了？

我心中兴奋的气球一下子撒了气。

和格蕾丝二号重新聚首，请自由力量二号帮忙的打算成了泡影。我只能靠自己了。

看见道具屋变成这种样子真是令人心碎。我想到了我们一家人在道具屋度过的那些美好时光：格蕾丝和我把技术霸主的电磁能量针藏了起来，结果意外导致原点供电系统短路；小影偷走了感恩节的火鸡，我们却跟着它那沾了肉汁的脚印找到了它；爸爸整理草坪的时候忘了摘面具，结果邻居因此报了警。

当然，道具屋也有许多不那么令人愉快的回忆。比如在数不清的日子里，我要乘着传送机来到道具屋，然后走路去学校，格蕾丝却能飞去参加自由力量的战斗。还有蠕虫的同伙闯进来，发现了原点的那一次。在那以后，我们拆除传送机，卖掉了道具屋。但我还是很想念它，因为我只拥有过这一个"普通"的家。

我已经不抱什么希望了，但还是很想看看这幢房子里面变成了什么样。传送机肯定早就没了，不过也许还有些别的东西留下来。在我的世界里，我们用家庭照片和其他很多充满感情的东西装饰过道具屋。也许这里也有些别的线索，能帮助我找到格蕾丝二号。

确认没有人跟踪我之后，我朝道具屋跑了过去。踏上破损严重的门廊，我将耳朵贴在封住门口的木板上。不出所料，门里没有半点声音。我用力去推木板，推出一道缝隙，刚好能让我的身子钻过去。

屋子里一团漆黑。

我下意识地伸手去按灯的开关。让我惊讶的是，灯竟然亮了！

然后我看到了一生中难得的意外情景。

蓝色的沙发、咖啡桌、电视、照片……全都在这里，全都一模一样。

但……这怎么可能？

我带着惊诧的心情走过房间。这里的每一样东西仿佛都来自我的世界的道具屋，我清楚地记得……

那面大镜子！还有自由女神小雕像！它们都在！

这有可能吗？

我走过去，伸手握住那个小雕像……

"放开。"一个低沉的声音命令道。

这是……

我转过身，发现一个高大魁梧的人正站在门口，一只死兔子的耳朵被他抓在左手里，身体还在他旁边来回晃荡着。

我想不好自己该做什么。这里无路可逃。就算我拽动自由女神小雕像，也不一定有传送机让我进去。

我被困住了。

就在这时，他走到了屋里的灯光下。看上去，他像是个山地人——有着浓密散乱的褐色头发和胡须，身上是一件长长的风衣，下摆一直垂到腿上。

奇怪的是，他让我有一种非常熟悉的感觉。

就在这时，我注意到了他的蓝眼睛。

然后我才意识到，我认识他。

天哪！

"爸……爸爸？"我结结巴巴地问。

"我不知道你为什么会回来，艾略特。"他说道，"但我要告诉你，我们之中将有一个人无法活着离开这里。"

奇迹档案

正义队长二号

姓名：汤姆·哈克尼斯	身高：1.9 米
种群：人类	体重：100 千克
身份 / 状态：英雄 / 活跃	眼睛 / 头发：蓝色 / 褐色

奇迹等级三 / 超级体能	能力评分	
极限力量	战斗力 95	
极限坚不可摧	耐受力 96	领导力 100
极限跳跃能力	策略 94	意志力 91

· 第六章 ·

我学会了
不要相信任何人

爸爸又要让我禁足了，这次他有可能直接把我埋进两米深的地下。

"抱歉，儿子。"他把死兔子扔在地板上，"但我在很久很久以前就应该这样对你。"

他脱下了风衣，我看到他身上的肌肉不断颤动，如同泛起的一道道涟漪。他认为我是他的孩子，是他的世界的邪恶统治者！我必须让他明白我不是，否则我就会比那只兔子还惨！

"听着，爸爸……我是说，正义队长，我知道这么说会让你有些吃惊，但我不得不说。我不是你的儿子。"我必须赶紧想个办法。我可以消除他的力量，但他还是能轻松地打扁我。更何况这么做只能让他更加相信我就是他以为的那个恶棍。我需要找到一个不同的策略，而且要快！

"别再玩游戏了，艾略特。"爸爸二号拨开落在脸上的褐色长发，"我已经厌倦了你的游戏。"

就是这个！头发！

"等等！"我指着我的头说，"看！我也是褐色头发，和你一样。"

"那又怎样？该做什么，我还是要做。"

"不！"我急忙说道，"难道你不明白吗？你的儿子是金发。我不是你想象中的那个人。我是艾略特，但来自另一个宇宙。"

还是没用！他还在向我逼近！我需要新的策略！

"我和你的女儿格蕾丝是朋友。我还救了你的妻子。"

这番话终于让他冷静下来。我继续说道："我最初遇到她的时候，她还是恶棍。但我救了她的命之后，她承诺会重新成为英雄。"

"她承诺了什么？"爸爸二号问，"你到底是谁？"

"我是来自镜像宇宙的英雄。我来到这里，就是为了阻止你的儿子继续作恶，就像你现在要做的一样！所以，请不要打我！"

爸爸二号看着我，显得有些困惑："镜像宇宙？技术霸主曾经提起过这种东西，但我从没有想过它会是真的。"

"哦，绝对是真的，"我急忙说，"千真万确。你的世界和我的一模一样，只不过更乱一些。在我的世界里，我是英雄，是自由力量的成员，也和你一样。"

爸爸二号的情绪一下子低落了下去："我不是英雄，不再是了。"

我想起格蕾丝二号和我说过的事情：在她的世界里，她的爸爸放弃了超级英雄的事业，因为另一个我控制了这颗星球，宣布所有的超级英雄都是罪犯，还把他的妻子也变成了恶棍。

"所以，你就躲到了这里，"我问，"对这个世界的灾难完全不予理睬？"

他走到沙发前坐了下去，把头埋在手掌里："我还能做什么？"

"你可以战斗！"我激动地说。我完全无法相信自己的耳朵，正义队长竟然是个……懦夫？

"为什么而战？外面有成百上千的超级恶棍，他们都想要抓住我，因为这样能够让他们立刻成为大名人。你以为我想被抓住，让你——或者说让我的孩子永远消除我的力量，再拿我去喂狼？他们也许会把我锁起来，让所有人都看到我的下场，知道反抗他们毫无意义，就像他们对哑剧大师和蓝闪电那样。"

永远消除他的力量？他在说什么？

"待在这里才是安全的。"他继续说道，"幸好我在总部被他们破坏前偷走了技术霸主的干扰器。是干扰器让这幢房子从外面看上去像是一处废墟。不过它里面还是完好的。没有人会想要进来看看。为了活下去，我只能以狩猎为生，尽量远离麻烦。"

他说的"总部"是原点吗？我本来还想着如果能到达原点，就能找到格蕾丝二号。

"你说，你们的总部被破坏了？"我问他，"那你能带我去那里看看吗？你能不能带我去原点？"

"原点？"他反问道，"什么原点？"

"等一下。"我惊讶地说道，"你的意思是，这里没有……"我突然注意到，那个自由女神小雕像正一隐一现，仿佛马上就会消失！

"你在做什么？"他问道。

"我什么都没做。"我只能这样回答。这就是现实模糊？

他向那个小雕像跑去。刚刚还实实在在的自由女神小雕像，眨眼间就变得透明了。他朝那个小雕像伸出手。

"等一下！"我警告他，"不要碰那东西，它马上就会彻底消失。"

仿佛听到了我的话，自由女神小雕像一下子不见了。

"把它弄回来！"他喊道。

"放松，"我说，"只是一个雕像而已。在我的世界，我的自由之翼都消失了。"

"别挡道。"他把我撞到一旁。我看到他的眼睛里燃烧着疯狂的火焰，仿佛出了什么异常严重的问题。他俯身抬起那面大镜子。那面镜子一定有几百磅重，只不过对他而言根本不算什么。

"不！"他盯着镜子后面空空如也的密室，狂乱地喊道，"它没了！"

我也朝那里望过去——没有传送机。好吧，现在我找到格蕾丝二号的机会彻底变成零了。

"干扰器……"他说，"我把干扰器藏在这里，就在镜子后面。现在它没了！"

"抱歉，"我说，"不过我现在有更大的问题。有一团迷雾，是个宇宙级别的怪物，它要来吞掉我的地球。所以我需要找到你的儿子，从他身上拿些东西。你是不是恰好知道能在哪里找到他？你知道吗？"

但他根本没有听我说话。他涨红的脸上全是怒意："干扰器没了，都是你的错！都是因为你，我要被抓住了！你要为此付出代价！"

我有一种感觉，情况马上就要急转直下。

他转过身，正要丢下镜子来抓我，他的风衣却突然飞过来，罩住了他的头。

"嘿！"他喊道。

这是怎么回事？

紧接着，他被推进了镜子后面的密室里。大镜子哐当一声落在地上，把他关在里面。我完全不知道这是怎么回事，不过我知道，我现在有几秒钟的时间，可以在他冲出来之前逃掉。

还没等我有所动作，一条德国牧羊犬出现在我的眼前。

"小影！"

小影一左一右地甩着尾巴，转身跑出了道具屋——道具屋的封门木板上出现了一个大窟窿，一定是它刚刚撞的。我急忙跟着它逃了出去。人类可能是为了更好地生存，把两只前爪进化成了手，但在逃命的时候，我宁可拥有四条腿！

我回头又瞥了一眼道具屋。让我惊讶的是，那幢房子完全不是刚才那种破败的样子了。挡在门口的不再是木板，而是樱桃红色的门。窗户、门廊柱、房顶和周围的景色也都变回来了。爸爸二号说的是对的，刚才的情景真的只是干扰器的作用。

　　我还在努力理解刚刚发生的一切。我无法相信爸爸二号就这样放弃了。当然，他不是我的爸爸，但他依旧是正义队长，是强大的自由力量的队长！突然，风行者的话回荡在我的脑海中：没有一样东西和你的世界相同。

　　小影又跑过一整个街区，转身从两栋废弃的房子之间穿了过去。我已经被它甩下一个街区了。于是我迈开双腿，尽量加快速度。我不知道它是怎么找到我的，不过我很高兴能见到它。现在我真的很需要一位朋友。

　　我跑到了它转弯的地方，但它已经没了踪影。

　　"小影？"我悄声喊道。

　　那家伙跑哪儿去了？是隐身了，还是出了什么事？我环顾周围，寻找脚印和小狗会留下的其他痕迹。就在这时，有什么东西撞上我，一下子把我掀翻在地！

　　我重重地摔了个屁股蹲儿。还没等我反应过来，一股热气已经扑面而来，还伴随着充满威胁的低沉的吼声。

　　"小影？"我问道，"你在干什么？"

　　小影的头出现在我的双眼上方几寸远的地方。我只能看见它那像刀子一样锋利的牙齿。很明显，看见我并没有让它多高兴。

"小家伙，"我说道，"是我啊，艾略特，你的主……人。"

这时我才突然想到，这不是我的小影！它是小影二号！它能够清楚地分辨我的气味，知道我不是它的艾略特！

它又吼了一声——其中的威胁意味再明确不过了。

"等一下，"我恳求道，"我没有骗你。还记得吗，是你救了我！"

又是一声吼叫。

"听着，我们都知道，我不是你的艾略特。但我也不是坏人。我只是在找你的主人。你知道他在哪里吗？"

突然，它发出一阵细声细气的呜咽。

这是怎么回事？它怎么会有这种反应？

等一下，如果是我，就绝对不会让我的小影独自在这些混乱的街道上流浪，那样可能会让它受伤。而且这个世界的危险远比我的世界要多。

那么，也许这意味着……

"你的艾略特失踪了？"

小影二号低下头，又发出一声呜咽。

艾略特二号真的失踪了！

"听着，小家伙。"我说，"我来这里就是为了找他。

他失踪的原因可能也和我现在要解决的问题有关系。我们也许可以合作？你觉得呢？"

这条德国牧羊犬用它那双褐色的大眼睛审视着我。我竭力做出一副值得信任的样子。毕竟，我不会告诉它，我来这里其实只是为了偷走湮灭球。

我感觉到湿漉漉的舌头舔在我的下巴上。

我想，它答应了！

小影二号向后退开，我站了起来："好吧，也许我们应该从你最后见到他的地方开始寻找。"

这条德国牧羊犬点点头，又开始奔跑。太棒了，这条狗比我的小影还要冲动！我不知道我们要去哪里，但我现在心里一团乱，根本没办法去思考这种事。

艾略特二号怎么了？

也许有人杀了他？如果他有湮灭球，能做到这件事的人一定非常强大。

也许是那个球彻底控制了他？我很清楚湮灭球有多强大。当湮灭球还在我体内的时候，我最害怕的一直都是失去对它的控制。艾略特二号有可能输掉了和湮灭球的战斗，成了它的傀儡。

这个想法让我打了个哆嗦。

我追上小影二号，它正在一道很高的树篱前面等我。它微微有些喘气，我却觉得自己的肺叶已经烧起来了。我在面对危险的时候逃跑过那么多次，没想到现在体力还是这么差。

"这就是……你最后见到他的地方？"我喘着气问。

小影二号点点头，朝树篱的另一边走过去。我绕过树篱，发现它正一动不动地盯着正前方。顺着它的目光望过去，我的心立刻沉了下去。看来这个任务比我想象中要艰难得多。

矗立在我们面前的建筑物就像是一只硕大无比的钢铁章鱼。

禁地监狱。

奇迹档案

小影二号

姓名：小影	身高：0.64米（肩高）
种群：德国牧羊犬	体重：38.6千克
身份/状态：恶棍/活跃	眼睛/毛：褐色/黑褐色

奇迹等级二/变身超能力	能力评分	
强隐形能力	战斗力 45	
	耐受力 16	领导力 10
可让身体各部位隐形	策略 12	意志力 56

·第七章·

真无法相信
我的运气这么糟

好吧，我完全没想到自己会跑到这个地方来。

在我的地球，禁地是针对奇迹者的联邦最高等级监狱，关押着世界上最危险的超级恶棍，是好人关押坏人的地方。而在这里，我根本无法形容自己看到这一幕的时候心里冒出的是什么情绪。

这里的囚犯已经占领了这座"疯人院"。

或者可以说，这里更像是超能罪犯的"蚂蚁农场"。他们在岗楼上站岗，在墙头巡逻，甚至还看守着大门！我完全看不见英雄和警察。

我回头看了小影二号一眼，它正忙着在旁边的一棵树下撒尿。我请这家伙带我去它最后见到艾略特二号的地方，却完全没想到它会把我领到这里来。也许它听错了？

如果它和我的小影一样，那么它一定也有那个被我称作"选择性耳聋"的毛病。如果你在距离它几公里的地方打开一袋薯片，它会在眨眼间来到你身边；但如果你请它把鼻子从垃圾桶里抽出来，它的耳朵就会突然像是被棉花塞住了，到底能不能听到，你只能猜。

"小影，"我悄声说，"你确定就是这里？别忘了，我是要你带我去你最后见到主人的地方。"

小影二号点点头，回身看着禁地。

真的……很棒。

我们需要闯进由超级恶棍们控制的最高等级监狱，还要及时找到艾略特二号，不让恶棍们抓住或杀死我们。听起来这很像是一次自杀行动。

"我们需要一个计划。"我望着天空寻找灵感，"既然我的大脑比你的大，我想这个计划只能由我来制订了。让我好好想想……我们需要进去，同时不被看见，这对你来说应该很简单。很不幸，我们不能就这样走到正门去……"

一阵窸窸窣窣的声音传进我的耳朵，我低下头，看到小影二号正穿过树篱前面的灌木丛，径直向禁地的前门走了过去！而且它还没隐身！

我急忙又躲到树篱后面，悄声喊道："小影！小影，过来！到这里来！坏狗！"

但已经太晚了，小影二号已经走到了能被那些恶棍看到的地方。我听见岗楼上传来喊声。好吧，如果它愿意被捉住，那随它的便，但那帮恶棍可别想找到我——门儿都没有！我要趁还有机会的时候赶快离开这里……

等一下！它在做什么？为什么它转过身来看我？它就站在那里，还用鼻子指了指我！

这条笨狗！它把我出卖了！我要赶紧溜！

但已经太晚了。

那些拥有超级速度的家伙首先冲到了我身边。我仔细读过这些人的奇迹档案：迅魔、旋风、狂飙。然后是会飞的：天空矛、黑风、双气旋、恐怖风暴。其余的恶棍也都飞快赶了过来，简直就像是一道道扑过来的海浪。

我被包围了。

"嘿，能见到你们真好。"我向他们打招呼，"你们的家人都好吗？"

就在这时，人群向左右分开，一个戴着面具、穿着黑色长袍的人走了过来。他透过黑面具上的白色缝隙上下打量我，然后略微一鞠躬，用令人生畏的声音说道："君上，我们都很高兴您能平安归来。"

君上？他是在对我说话？

等一下！这个声音……我认识这个声音！

"暗影鹰？你在禁地做什么？"

"我当然在禁地，君上。"他显得有些惊讶，"我还能在哪里？我看到小影找到了您。这让我们节省了一大笔赏金，不过我肯定要给它准备一辈子的狗饼干了。那么，您又到哪里去了？如果您不介意的话，我想问一下，您的头发怎么了？"

我的头发？我抬手摸了摸头。等一下，我的头发！他们以为我是艾略特二号——这个世界的统治者！所以，这就意味着暗影鹰二号一定也是恶棍。这太诡异了，不过我只能陪他们把戏演下去。

"我去散了个步。"我回答。

"三个星期的散步实在太久了，君上。"暗影鹰二号眯起眼睛，"那么，您的头发呢？"

好吧，赶快想个办法。我需要一个理由来解释为什么我不是金发。"哦，我遇到了一个古怪的第一等级英雄，他叫'撞色'。他把我的头发变成了褐色，于是我让他全身都变成了瘀青色。"

"明白了。"暗影鹰二号看向我周围的恶棍，"也许我们应该找个更合适的时间讨论这件事。为什么我们不先回禁地去？您看上去很累了，而且肯定也很饿了。您不在的时候，我们还发现了一样东西。我相信它肯定能引起您的兴趣。我们先进去？"

我点点头。他领着我们向监狱走去。恶棍们排成了队。小影二号高昂着头，跟随在我身边。

"好吧，"我悄声说，"也许你的脑子比我的要好用。但下一次，先告诉我一声。"

小影二号呜呜叫了一声，我知道它的意思是"我早就告诉过你了"。

我们径直穿过禁地的正门，我朝监狱主楼望去，回想起上一次在禁地的时候——那时凯明还和我在一起。

那时蠕虫释放了所有奇迹等级三的囚犯，并控制他们的思维，让他们成为自己的军队。我和凯明一同与鲜血使徒作战，争夺湮灭球。而凯明就死在了那场战斗中。

奇怪的是，我经常会梦到那一天。无论我多少次在梦中重温那个晚上，它总会在噩梦中结束——凯明渐渐冷去的身体就躺在我的怀中。凯明是为了我，为了我们所有人牺牲的。如果换作是我，我会那样做吗？

我们进入监狱主楼，我听到凯明在平静地对我说：**永远不要显露软弱**。

她是对的。我表面上装出一副扑克脸，但心里已经是一团乱了。我正在一群超能罪犯的护送下进入一座守卫森严的监狱！这不是我的计划，但看样子，我也没有更好的选择了。

我们穿过几条灯光昏暗的走廊，来到一个哨卡前面。暗影鹰二号在电子锁上刷了一张卡，带我走进又一条走廊。这里有几十道牢门。走廊最前面挂着一块指示牌：

前英雄第 5 区：非公莫入。

前英雄？这是什么意思？

暗影鹰二号继续沿走廊前进。我逐次看着经过的牢房的指示牌：

牢房 M27 | **磁力侠——曾拥有第二等级奇迹能力**
曾为英雄群成员。曾经能够控制导磁物体。
用餐时可以使用银餐具。

牢房 M28 | **电能卫士——曾拥有第三等级奇迹能力**
曾为致命打击成员。曾经能够从身体中发射出电流。
被允许每天洗澡。

蓝闪电？或者应该说是蓝闪电二号？

我停下来，透过牢房的窗户向里面望去。蓝闪电二号正盘腿坐在地上，低垂着头。她看上去很虚弱，几乎像是彻底垮掉了。

暗影鹰二号突然出现在我身边："很可怜，不是吗？"

怒火在我的胸中翻涌，但我不能破坏自己的伪装。

"她失去力量了？"我问。

"完完全全失去了。"暗影鹰二号回答，"是您干的，还记得吗？"

我？没错！在竞技场世界，格蕾丝二号告诉过我，邪恶的另一个我使用自己的能力让许多英雄都变成了普通人。我又想起正义队长二号说他躲起来就是因为害怕自己的力量被永久消除。我不能露出惊讶的表情。

"当然。"我说，"嗯，我一时忘了。她在这里被关了多久？"

"不知道。"暗影鹰二号回答，"三个月，也许四个月吧。不过别担心，我们不会给她吃太多东西。我们留下她，只是为了等她的朋友们来救她。只要把他们都抓住，我们就会像处理其他人一样把她处理掉。善良英雄的行为模式实在太好预测了。"

"你……你是说，你把她当成……诱饵？"

"是的，当然。"暗影鹰二号给了我一个狐疑的眼神，"这可是您的命令。"

"没错。"我急忙说道，"抱歉，我在外面待得太久了。"

"整整三个星期。"暗影鹰二号提醒我，"不过您的策略非常有效。自从您去散了那场小小的步以后，我们捉住了好人团、撒玛利亚战士、光荣部队的所有人，还有解救军团二十人中的十六个。"

我知道这些团队！在我的世界，他们全都是英雄，大部分是第一和第二等级的，他们都是真正的好人。这太疯狂了！

"但我们还在等着更有价值的战利品。"暗影鹰二号继续说道，"来吧，我还有更多要让您看。"

我最后看了蓝闪电二号一眼。这里的情况比我想的更糟。但就算是我也必须承认，这是一个非常有效的策略。任何有荣誉感的英雄都不可能看着同伴受苦而坐视不理。

当然也有例外，比如正义队长二号。

我们又经过一些英雄的牢房。就在要走出这条走廊的时候，我瞥到一扇牢门的窗口后面有些动静，然后一张脸贴到了窗玻璃上。

一双黄色的眼睛一直盯着我。我发誓我见过这双眼睛，但是在哪里见到的?

我想到了——短吻鳄!

我打了个哆嗦,唯恐自己会变成石头。不过我很快就意识到,既然他在这里,那么他就已经没有超能力了!

终于,我们来到走廊尽头的那扇门前。我有一种似曾相识的感觉——一种很不可思议的熟悉感。上次走过这里的时候,我要进行一场可能会结束所有战斗的战斗。谁知道这一次又有什么在等着我?

暗影鹰二号又刷了一次卡,这扇门打开了。

一座熟悉的广场出现在我们面前。我能清楚地看到头顶上方辽阔的夜空。不过现在这个大广场上摆了一排又一排椅子,这些椅子全都面对着一张安放在高台上的巨大的黄金座椅。

暗影鹰二号让到一旁,抬手示意:"您的王座,君上。"

我的王座?好吧。我面带微笑,向那个高台走去。

就在这时,广场周围的每一扇门都打开了,几百个身穿超能者制服的人拥了出来。我从没有见过这么多恶棍聚集在一个地方。他们纷纷站在各自的椅子前面,将右手按在心脏的位置上。

呃,好吧,这算是怎么回事?

暗影鹰二号快步走过来,在我耳边悄声说:"君上,在您坐下前,他们是不敢坐的。"

"哦，是的，当然。"我走上高台，坐到了黄金座椅上。

恶棍们这才坐下。

小影二号趴在我前面，形成一道毛茸茸的屏障，把我和那些坏人隔开。

数百双邪恶的眼睛紧盯着我，我感觉真的、真的很不舒服。我现在该做什么？

暗影鹰二号又出现在我身边，高声说道："我恶毒的朋友们，感谢你们放下分歧，前来参加这场最具历史性的集会。我知道，你们之中有很多人——可能是所有人，在我们的君王离开的时候都图谋扩大自己的势力。但就像你们看到的那样，他回来了，而且比以前更加强大。"

我坐直身子，努力显示出一副危险的样子。

"现在，"暗影鹰二号继续说道，"我们不要再浪费时间了，让我们直奔主题——也就是你们今天聚集在此的原因。"

人群中响起嗡嗡的议论声。看来真的有大事要发生了。

"侍从！"暗影鹰二号喊道，"把笼子抬上来！"

一扇大门被打开，两名大汉抬着一个硕大的正方形物体走到广场上，最终把它放在高台前面。那个东西被布盖住了，我看不到里面是什么。现在广场上所有人的眼睛都盯住了它。

"小心看着！"暗影鹰二号说道，"如果你们不能秉承君王的旨意，随后的事情就会发生在你们身上！"

哦，是吗?

"现在，"暗影鹰二号继续高声宣布，"见证我们君王的力量，看看他如何让又一个超级英雄变成凡人！"

等等！什么?

"展示囚犯！"

随着罩住笼子的布被揭开，所有人都扬起了头，而我的下巴都要掉到地上了。

"君上，"暗影鹰二号喊道，"摧毁这个女孩吧！"

恶棍们发出震耳欲聋的欢呼声。

我却只觉得不寒而栗。被关在金属笼子里的是一个吓坏了的褐色头发女孩，她的身上穿着带有白星星的蓝色超能者制服。

是格蕾丝二号！

奇迹档案

暗影鹰二号

姓名：未知	身高：1.88 米
种群：人类	体重：97.5 千克
身份 / 状态：恶棍 / 活跃	眼睛 / 头发：未知 / 未知

奇迹等级零 / 无超能力	能力评分	
侦察大师	战斗力 92	
神射手	耐受力 56	领导力 93
高超武术技能	策略 100	意志力 100

·第八章·

我成了
一旦君王

我觉得这就是所谓的讽刺吧。

我到处寻找格蕾丝二号，现在她却被放在银盘子里，直接送到了我面前！当然，现在她被锁在笼子里，周围是几百个超级恶棍——他们都在用欢呼声要求我消除她的超能力。这肯定不是我所希望的温馨重聚。

"把她变成'零'！"人群中传来喊声。

"把那只小鸟变成一条死鱼！"另一个人喊道。

格蕾丝二号看着我，睁大的蓝眼睛里充满了恐惧。

我必须让她知道我是谁，知道我不是她的弟弟，同时又不能暴露我的身份。然后，我还必须考虑清楚该如何让我们离开这个是非之地，否则他们就会把我和她一起关押起来，甚至会用更可怕的手段对付我们。

"君上？"暗影鹰二号喊了一声。他声音中的催促意味提醒我，我不能再磨蹭下去了。

"好吧。"我猜，现在我要让这里的所有人都知道我的厉害。

我一站起身，恶棍们就立刻安静下来。他们聚精会神地坐在椅子上，就像学校听课的学生，等待着看我下一步要做什么。

天哪，我也很想知道自己该做什么。

我站在原地，完全不知所措。

"我恨你！"格蕾丝二号打破了寂静。

恶棍们发出一阵嘘声。

"我要教教她如何表达尊敬！"有人喊道。

好吧，在一切失控前，我最好做点什么。现在是我发挥演技的时候了。

"我想，你现在感觉不到多少荣耀了，荣耀少女。"我努力让整个广场上的人都听到我的嘲讽，"或许你是自由力量的成员，但很快，你就会发现自己再也没有什么自由了。"

恶棍们发出赞同的咆哮声。

好吧，还不坏，继续。

"你要明白，你生活在我的世界里。"我继续说道，"而在我的世界，英雄是一种干扰，干扰就必须被除掉。"

又是一阵欢呼——这让我有了一种奇怪的信心。谁能知道我扮演起坏人来还这么得心应手？不要迟疑，继续！

"消除她的力量！"有人高喊。

"永远消除！"

哦，天哪，他们跑到这里来就是为了看这个？

赶快思考！

我知道，我不能永久消除格蕾丝二号的力量，但我的确能暂时让她失去力量。这应该能糊弄过去，至少暂时可以。但在这样做之前，我需要给格蕾丝二号一点线索，让她知道我是谁。那么，我该怎么做？

等等，我刚才想的是不是"线索"？就是这个！我可以给她一些线索！

"现在，时刻到了！"我喊道，"我会消除这个……这个……只知道吃果冻甜甜圈的女孩的力量！"

暗影鹰二号古怪地看了我一眼。

好吧，我可能要破坏我的伪装了，但我需要让格蕾丝二号知道，于是我更进了一步："这就是属于她的可怕命运，尽管……褐色头发的她出生在别的地方，可能会是一头金发。另外，无论她在竞技场世界赢得过怎样的成就，她都要接受这个惩罚……"

"你在干什么？"暗影鹰二号严厉地悄声说道，"赶快动手！"

我看向人群，那些恶棍显然也都开始着急了。

她明白了吗？

我朝格蕾丝二号瞥了一眼。她正盯着我，双臂交叉在胸前，脸上带着再明显不过的得意笑容。

我认为这是她对我的回应。

好吧，该完成这件事了。

我伸手指着她，高声宣布："荣耀少女，从我出生那天开始，你就是插在我肋骨上的一根尖刺！现在，你要尝尝当'零'的痛苦了——这种痛苦你一辈子都摆脱不掉！"

我集中精神，用我的消除能量覆盖了她。

到最后亮牌的时候了。

"放开她！"我命令道。

两名大汉将笼子拆开的时候，恶棍们都站了起来。

见自己得到释放，格蕾丝二号十分惊讶。

"如果这就是你想要的自由，"我说道，"那就飞走吧，如果你还能飞的话。"

格蕾丝二号抬起手臂，想要离开地面，但她没能飞起来。

"我的力量……"她说道，"不见了。"

恶棍们发出胜利的欢呼。

生效了！演出结束，谢天谢地，终于结束了。

"杀了她！"有人高喊。

看来还没结束。

"不！"我立刻拒绝，"她对我们还有用。有她在我们手里，我们就能引出自由力量的其他成员，比如洞察女士和正义队长。我们还要干掉他们。现在，带她去牢房，确保她……尽可能让她不舒服。"

格蕾丝二号回头看了我一眼，眉毛向上一挑。那两个大汉已经粗暴地抓住她的手臂，把她拖进了监狱。希望她能原谅我。不过我还得继续装下去，至少现在我只需要应付这些坏人了。

"演出结束了。"我命令道，"回你们各自的地方去，都走吧。"

"向你们的君王鞠躬！"暗影鹰二号命令道。

这种被众人朝拜的场面很精彩，但我不打算为此举办一场下午茶会。我悄声对小影二号说："带我离开这里。"

小影二号挠了挠自己的耳朵，从高台上跳了下去。我跟着它跑到广场对面的一扇大门前。这扇门和其他的门不太一样——它是用钢铁铸造的，周围还都是摄像头。小影二号把鼻子按在一个触摸屏上，大概是在扫描它的鼻纹。而这扇大门也随之滑开。我只能竭力去理解出现在眼前的是什么地方。

这里不是灰暗阴森的监狱，而是灯光明亮、用大理石铺地的门厅。

"这就是你主人住的地方？"我问。

小影二号点点头。我们走了进去，那扇门也在我们身后滑动关闭了。

小影二号又领着我进入一条走廊，经过几间牢房。不过这些牢房都被改造成了功能不一的生活空间——一间排列着各种家用街机和商场街机的游戏室，一间有蹦床地板的娱乐室，一间堆积着糖果盒和汽水机的零食室，还有一间放满漫画书和豆袋椅的阅览室。

就好像走进了天堂一样。

我跟着小影二号走到走廊尽头的一个大房间门口，在这里停下来。我完全不敢相信自己的眼睛。

这是我的卧室！

或者说，这是一个和我在原点的卧室一模一样的房间！一样的蓝白色床单，一样的蝙蝠侠海报，一样的桌子，一样的柜子，所有东西都是一样的！唯一的区别就是，这里的墙上布满了黑色记号笔的涂鸦。

走进这间卧室，仔细去看，我才发现那根本不是涂鸦，而是数学算式！成百上千个算式覆盖了整面墙壁。看来，这是身处两个镜像宇宙的我和艾略特二号之间的另一个差异：他是数学天才，而我对数字过敏。

他写这么多式子做什么？显然是在解决某个问题。但那个问题又是什么？我只知道，我绝对不可能找到答案，就像在地狱的熊熊烈火里肯定找不到雪球。

就在这时，有一样东西进入了我的视野。那是一些不规则的小圆圈，紧紧围绕着一个大得多的圆圈。这些小圆圈形成了某种屏障，而且看上去有一种奇怪的熟悉感。

好像是……小行星带？

"感觉好点了吗？"

我被吓了一大跳。

暗影鹰二号站在房门口，双臂交叉在胸前。然后，他走了进来："表演得很好，虽然你做的一切很破坏气氛。"

呃，我需要小心行事。暗影鹰二号不是傻瓜，他一定看出了什么。

"那么，你完成了？"

完成了？完成什么？

"你不会以为我们的一艘自由之翼失踪这种事情能逃过我的眼睛吧？"

哦，这里的情况比我想象的还要糟。

"根据你墙上的地图，我认为你驾驶那艘自由之翼去了一颗你非常想去的行星。"

行星？我的目光落回到那个小行星带上，还有里面的那个大圆圈。

天哪！

我知道艾略特二号去哪里了！

"如何？"暗影鹰二号又问，"有什么想告诉我的吗？"

我的心跳得飞快，但我还是努力保持住了冷静："没什么。"

我在禁地待得越久，他就越有可能发现我是个冒牌货。于是我假装伸了个懒腰："你是否介意我们以后再聊？我现在累坏了。"

"当然，君上。"他鞠了一躬，"那就这样吧。等我们再见面的时候，我很想听听你是如何……不使用你离开时驾驶的那艘自由之翼，自己返回地球的。"

说完，他就离开了。

他知道！我应该开溜了。当然，不能只有我一个人逃走。

"小影，带我去荣耀少女的牢房。"

小影二号竖起一只耳朵，用奇怪的眼神看着我。

我猜，就算在镜像宇宙里，有些事情也是绝对不会改变的。"好吧，我会给你五颗零食。赶快！"

小影二号像火箭一样蹿了出去。我追着它跑出房间，回到广场上，又进入了格蕾丝二号被拖进去的那个区域。一路上，许多人都好奇地看着我。不过我只是笑笑，指着小影二号说："它想要跑跑步。"

小影二号领着我进入了一条很窄的走廊。这里只有一间牢房，两个大块头正守在牢房门口。我注意到这间牢房的门上没有监视窗，这对我的计划而言是一个好消息。好吧，没什么好犹豫的。

"把门打开。"我命令道。

一个大块头一鞠躬，打开了牢门。小影二号和我走了进去。我命令他们把门关上，我们便被关在了牢房里。

这间牢房很黑，又很小。一缕阳光从高处的栅栏间透进来。格蕾丝二号一动不动地躺在牢房的角落里，身上裹着一条毯子。

我希望她没有死。

"格蕾丝。"我悄声说道。

"艾……艾略特？"她无力地发出回应，抬起头。她的脸上都是瘀伤。

"你还好吗？"我跪在她身旁，"很抱歉他们这么粗鲁地对待你，不过我必须演得像一些。"

"没关系，"她说，"我受得住。我知道是你，不过我还是无法相信。你来这里做什么？"

"等一会儿我再告诉你。现在，我们要离开这里。"

"但你夺走了我的力量，我……我不能飞了。"

"这只是暂时的，你的力量会回来的。不过你的力量现在也帮不了我们。我们先要从这里出去。我有个主意。先躺着，别起来。"我又转向小影二号，"小影，消失。"

小影二号又支起一只耳朵。

"好吧，我会给你一袋零食！赶快！"

它一隐身，我就开始了我的计划。

"快来帮忙！"我喊道。

门开了，两个大块头冲了进来。

"君上？"其中一个问道。

"您还好吗？"另一个也问道。

"我没事。"我说，"但你们有事了。"我集中精神，消除了他们的超级体能，"小影！"

两名壮汉突然都被撞倒在地。我抓住格蕾丝二号的手，拽着她跑出牢房。小影二号一出现在我们身边，我就用力关上了牢门，把两名卫兵锁在里面。

"我们走。"我说道。

"但我们要去哪里？"格蕾丝二号问。

"我知道你的弟弟去了哪里。我们必须先离开这个地球。我需要一艘飞船。"

小影二号叫了一声，点点头。

"它在说什么？"格蕾丝二号问。

"我觉得它想要我们跟着它。对吗？"

小影二号又叫了一声，跑了出去。

我和格蕾丝二号也拔腿就跑。

"不能让别人看见你。"我对格蕾丝二号说，"用毯子把自己盖住，跟着那个毛球！"

我们吸引了更多好奇的目光，但我只是向沿路的每一个人露出微笑，跟着小影二号穿过好几条走廊，从一扇侧门跑了出去。

只跑了几分钟，我们就进入了一片树林。格蕾丝二号和我立刻瘫成一团，连气都喘不过来。我们暂时安全了，但也只是暂时。如果暗影鹰二号发现了我所做的一切，他肯定会立刻追过来。

小影二号冲到一片又高又茂密的灌木丛前面，在那里叫了起来。

"它现在说的是什么？"格蕾丝二号问。

小影二号用爪子指着那片灌木丛。

"我不知道。"我说，"我觉得那后面应该有东西。"

小影二号又叫了两声。

"好的，好的。"我走过去，把戴着手套的手伸进灌木丛里，拨开满是棘刺的树杈，不由得惊呼了一声。

　　"那里有什么？"格蕾丝二号问。

　　我一句话都说不出来。

　　我甚至不知道该如何向她解释。

　　那是我的自由之翼。

　　就是从地球上消失的那一艘。

奇迹档案

荣耀少女二号

姓名：格蕾丝·哈克尼斯	身高：1.6 米
种群：人类	体重：46 千克
身份 / 状态：英雄 / 活跃	眼睛 / 头发：蓝色 / 褐色

奇迹等级二 / 飞行	能力评分	
强飞行能力	战斗力 29	
飞行中结合重力，达到有限超级速度	耐受力 26	领导力 40
	策略 28	意志力 57

·第九章·

我凝视着
自己黑色的影子

我们跳上自由之翼，抢在暗影鹰二号把他的鹰喙探过来之前启动了飞船。

我驾驶飞船，格蕾丝二号和小影二号坐到了乘客座位上。我们进入外太空时，我将我所知道的关于现实模糊的一切都告诉了同伴们。不过我对这件事知道得也实在不是很多。所以我只能猜测，我的自由之翼出现在格蕾丝二号的世界意味着一件事：我们的两个世界正在融合为一个。

"那么，为什么会发生这种事？"格蕾丝二号问。

"好问题。"我回答道，"根据我在家乡得到的一些情报，这一整件事是从秩序和混沌在竞技场世界被毁灭开始的。没有了这两个笨蛋控制多元宇宙的规则，现在一切都开始发疯了。"

"这可真棒。"格蕾丝二号没好气地说，"所以，现在宇宙们开始适者生存的游戏了？这还真是宇宙的风格。"

"看样子应该是。"我说道。

"既然情况已经这么糟糕了，顺便问一句，你是否打算告诉我，我们要去哪里？"

"哦，抱歉。"我急忙回答，"可能我的判断大错特错了，不过，根据你弟弟在墙上的涂鸦，我判断出他是要去见观察者。"

"观察者？谁是观察者？"

又是一个好问题。我也说不清到底谁是观察者。上一次，是黄道十二宫想要知道白羊的情况，便带我去那个怪人的星球，我才见到观察者的。但观察者没兴趣回答那个问题，而是给了我一个让我无比难受的答案：湮灭球就在我的身体里！

不过现在没必要和格蕾丝二号啰唆这些事情，于是我给了她一个简单的回答："观察者是一个宇宙生命体。他的使命就是观察宇宙中的一切事件，并以此换得自己的永生。他还是个瞎子，而且回答问题的时候一定会少那么点东西，让你不能痛痛快快地得到答案。"

"等等，"格蕾丝二号说，"你去找瞎子观察者要答案？这算不算问道于盲？"

"什么是'问道于盲'？"

"就是说，你的这种说法很矛盾，就好像'向残忍的人要怜悯'或者'救活死人'一样。我的意思是，你怎么会管一个瞎子叫'观察者'？"

"哦，我明白了。"我说道，"是的，这很奇怪。他说他失去视力是因为他过去做的事情。具体是什么事，我不知道，而且我有一种感觉，让我很不想知道那种事情。"

"好吧，"格蕾丝二号说，"我的'汗毛倒竖'警报已经响起来了。那么，为什么我的弟弟要去见这么一个观察者呢？"

"嗯，有人说——请不要问我这个'有人'是谁——

观察者无所不知。所以我猜，你的弟弟一定有什么非常深奥又必须得到答案的问题。"

自由之翼忽然发出嘀嘀的警报声，扬声器中响起导航信息："距离观察者的世界 1000 米。"

"他会有什么样的问题？"格蕾丝二号问。

"我怎么知道？也许他想知道大脚人是不是真的存在，或者为什么圆形的比萨要装在方形的盒子里。"我仰起头，"这个世界的未解之谜可真多啊……比如……那个……"

这里面肯定有什么问题。

我们应该能看到观察者的世界了，但是我朝舷窗外望去，却只看到了黑色的太空和一些明亮的星星。我检查了一下导航仪。

"出什么事了？"格蕾丝二号问。

"嗯，我觉得这里少了一颗行星，"我告诉她，"还是一颗不算小的行星。"

"会是因为现实模糊吗？"她问。

我觉得不是。那颗行星当然有可能被现实模糊从星图上抹去，但如果是那样，为什么导航仪还会告诉我们就要到了？技术霸主告诉过我，当电子设备出问题的时候，只有一件事可以做。于是我关掉导航仪，又重新将它启动。机器重启后，我重新输入了坐标。

"距离观察者的世界 700 米。"导航仪报告。

看起来这台机器没什么问题。但是我望向窗外，还是没看到那颗行星。这到底是怎么回事？

我想到了。

这是一场测试。

上一次我和黄道十二宫到这里的时候，必须穿过一片虚幻的小行星带。我猜，在我们把那个幻象撞破后，观察者创造了一个新的幻象。这一次，他会装作他的星球完全不见了。真是好计策。

"它就在那里，"我说，"只是我们看不见而已。"

"艾略特，"格蕾丝二号明显紧张起来，"你确定吗？"

"没错。"我放下了起落架。

"400米。"导航仪报告。

"你真的、真的确定？"格蕾丝二号又问，"下面什么都没有。你真的能看见？"

"300米。"导航仪继续报告。

"呃……"我支吾了一声。

"200米。"

"那么，你是不是应该先把起落架拉起来？"格蕾丝二号提醒我。

"呃呃。"我也有点不知道该怎么办。

小影二号开始嚎叫。

"100米。"

"艾略特！"格蕾丝二号发出尖叫。

"做好准备。"我打算让自由之翼轻轻地降落在黑洞洞的太空中，结果我们哐的一声撞上了地面。我用力踩住刹车，自由之翼蹦蹦跳跳地向前蹿了一段路后，总算相对平稳地停住了。

"我说得没错吧。"我转向我的同伴们。格蕾丝二号和小影二号抱在了一起，颇有一种要给予对方临终关怀的样子。

突然，我们脚下点缀着星辰的黑暗太空变成了一大片紫色的岩石。周围全都是高耸的山峰，一直插入红色的天空和浓厚的乌云里。

我又来了。这里还是像上次一样凄凉死寂。

乌云中钻出一道道闪电，小影二号不住地呜咽。

"呃，这里的光影效果倒是和派对差不多。"格蕾丝二号说，"那么，我们现在应该去哪里？"

根据我的经验，我们很有可能在这里连续走上几天，最后迷失在险峻荒凉的群山中。所以，我打算找一条捷径。我向导航仪敲击了几个命令，只是几秒钟时间，导航仪就给了我结果。

"坐好。"我一边警告同伴们，一边让自由之翼重新飞了起来。

我们穿过云层，向北飞了几公里后，我看到了我们所要找的——一幢白色建筑正位于一座高山的顶端。

观察者的圣殿。

一切都和我上次来的时候完全一样——四根大理石柱子支撑着大理石殿顶，下面是大理石高台，高台前是大理石台阶。而一个身披长袍、极为高大的人就坐在高台上的超大号椅子上。

"那就是观察者？"格蕾丝二号问道，"他可真是个巨人！"

"是的，就是他。"我告诉格蕾丝二号，"听着，我不确定情况会如何发展，所以你们都跟在我后面。"

我把飞船降落在距离圣殿差不多20米的地方。我们走出飞船的时候，我开始在心里排练和观察者的对话。我知道，我们必须非常小心，说不定哪句话说错了，这个神神道道的家伙就会把我们赶走。我们需要有严密的组织，需要占据主动，需要让我们的行动看起来有重要的意义。

这时，我听到身后传来一阵细小的流水声。

我转过身，看见小影二号正抬起一条后腿，朝自由之翼的前轮上撒尿。

"你在干吗?!"

"让它轻松一下吧。"格蕾丝二号说，"我们在飞船上坐了很长时间。"

"还需要别的服务吗？"我问，"挠挠肚皮？抓抓下巴？

捉捉跳蚤？"

小影二号支起一只耳朵。

这个毛球！

该让我的血压降一降了。我深吸一口气，平复了一下心情，然后才大步登上台阶。来到台阶顶端时，我的面前就是那个我再也不想见到的生物。

乍看上去，观察者和我记忆中没什么两样——身材高大，皮肤苍白，丑得要命。不过我很快就察觉到有什么东西不见了，只是我又想不出那到底是什么。

"观察者，"我把全部自信都堆到脸上，大声说道，"我回来了，我需要你的帮助。这次可不是游戏。"

但观察者只是纹丝不动地坐在椅子上，一双纯白色的眼睛冲着我，却好像是在盯着我身后的某个地方。

我放低声音，又说了一遍："观察者，我需要你的帮助。"

还是没有回应。他怎么了？我感觉他好像听不到我在说什么，甚至不知道我们站在这里。

我终于意识到他和上一次有什么不同了。上次我在这里的时候，他全身被包裹在一团白色的星光中。而现在，那层光晕没有了。

"嗯，情况正常吗？"格蕾丝二号悄声问。

"我不确定。"我举起双手晃了晃，"观察者？你还好吗？能听到我说话吗？"

"他能听到。"一个男孩的声音响起，"他只是不能回答你而已。"

我抬起头，只见一个有着金色头发、身材消瘦的男孩盘腿坐在一块大石头上。他穿着一身红蓝两色的超能者制服，胸前是一个斜杠压着圆圈的标志。

真不敢相信！我找到他了！

就是艾略特二号！

小影二号开始绕着圈小跑起来，还兴奋地摇尾巴。

"你好，小子。"艾略特二号跟小影二号打了个招呼，又用冰冷的声音补了一句，"还有你，姐姐。"

"你在这里干什么，艾略特？"格蕾丝二号下意识地后退了一步。

"我也可以这样问你们，"艾略特二号说，"毕竟，没有什么人知道观察者，而知道如何找到他的人更少。"

"我来过这里，"我告诉他，"虽然上一次不是我想来的。你却是自己主动要来的，为什么？"

"我为什么要来这里？"艾略特二号的嘴角露出一丝令人不安的微笑，"因为我在寻求知识。我想要彻底弄清楚，这个是从哪里来的。"

他抬起右手，被他捧在掌心的东西让我的脊背一阵发冷。

正是湮灭球！

我猜对了！果然有第二个湮灭球！

"那是什么？"格蕾丝二号问我。

"问得正好，亲爱的姐姐。"艾略特二号在我之前开了口，"这东西的确有个名字，但不是表面上的那个称呼。至少到现在为止，我还没能让它把真正的名字告诉我。天哪，我真的费了不少力气。对不对，球？"

那个球放射出一点微弱的光。

看着他把湮灭球从一只手放到另一只手上，我的心沉了下去。我一直以为艾略特二号成了湮灭球的傀儡，现在看来是我大错特错了。湮灭球没能战胜他的意志，反而被他的意志压倒了！对湮灭球，艾略特二号拥有绝对的控制权。也就是说，他的一切所作所为都是出于他自己的意志。

他是一个真正的恶人。

"一开始，我从这个湮灭球中只榨出了这个家伙的一点影子。"艾略特二号冲观察者点点头，"所以，我必须挖得更深一点。终于，这个球屈服了，给了我观察者的名字和位置。然后我又用了几个月的时间才查出来该如何到达这里。这段旅程比我想象中长得多，我的自由之翼在中途就耗尽了燃料。不过我总算及时到达了。费了这么大力气，我才来到这里，而这个光头却不回答我的任何问题。所以，我只好先让他禁言，好好冷静一下。"

"禁言？"我惊讶地问他，"你让一个宇宙生命体禁言？"

"没错，我不喜欢无聊。但是当你无所不能的时候，你一定会惊讶地发现，无聊多么容易就能找到你。"

他突然从大石头上跳下来，正好落在观察者和我的中间，把我吓了一跳——他的脸、身子，以及一举一动，一切都是那么像我！当然，只有头发的颜色不一样。我觉得自己好像在盯着一面镜子——幸好事实并非如此。

他上下打量着我："你就是个无聊的家伙，不是吗？"

"请原谅，你是什么意思？"我问他。

"你的人生很可怜，不是吗？"他继续说道，"在外表上，你装作是一个强大的英雄，但在心里，你却哆嗦得好像一片枯树叶。你是一个懦夫，一个只会装腔作势的家伙。我说得对吗？"

"不对！"

"你确定？"他将湮灭球举到面前，"我很清楚，我是对的。我能感觉到。"

我注视着那个不断闪着光的白色小球，仿佛被它催眠了，迷失在那团白光里，直到……

"救救我。"一个细小的声音出现在我的脑海中。

这声音很微弱，却又让我感到熟悉。是谁？

"救救我，救救我们！"

是湮灭球！它在对我说话！

但这又是怎么回事？我还以为艾略特二号已经完全控制了它。

　　"那么，"艾略特二号打了个响指，让我的注意力回到眼前，"像你这样勇敢的英雄，跑到这个宇宙的死胡同里来干什么？"

　　"我在找东西。"我回答，"不过我已经找到了。"

　　他看上去有些疑惑，不过他低头瞥了一眼湮灭球后，脸上的冷笑便消失了："这个？你在找这个？真的？想象不出你找这个要干什么，但如果你以为我会把它给你，你就比我以为的更痴心妄想。"

　　但事实就是如此。如果我不立刻拿到他的湮灭球，我就不可能再有机会阻止灾星。

　　我死死地盯着他的眼睛。

　　"当然，我从没有以为你会把它给我。"我冷冷地说，"所以我要从你手里把它夺过来。"

奇迹档案

零点超人二号

姓名：艾略特·哈克尼斯	身高：1.42 米
种群：人类	体重：40 千克
身份 / 状态：恶棍 / 活跃	眼睛 / 头发：褐色 / 金色

奇迹等级三 / 奇迹控制	能力评分	
极限能力压制	战斗力 25	
极限能力复制	耐受力 12	领导力 55
无法抵抗任何非奇迹攻击	策略 65	意志力 77

·第十章·

我和我的影子战斗

实际上，我早就知道事情一定会发展到这一步。

难道我真的能轻轻松松地拿到湮灭球，平安无事地离开？在内心深处，其实我有些希望第二个湮灭球根本不存在，这样我就不必面对现在这种情况。

我的生命可能要结束在这里了。

所以，我还不如现实一点，分析一下我成功的机会。第一，我们都是瘦弱的小孩，在这一点上，我们不相上下；第二，我们都有奇迹控制能力，也是旗鼓相当；第三，他有湮灭球——这个宇宙中最强大的武器，而我只有严重的焦虑情绪。

他在这一点上占据了巨大的优势。

看样子，我要完蛋了。

我怎么可能赢呢？就连观察者——一个强大的宇宙生命体，都被他制伏了！我不会算概率，但我敢打赌，让我找到一头独角兽的可能性也要比打败他的可能性大。

好吧，至少格蕾丝二号会帮我。

艾略特二号突然伸出右手，用命令的口吻说："睡！"

格蕾丝二号就像个布娃娃一样倒在地上。

现在我更愿意去找一群独角兽！

小影二号露出牙齿，开始向我呜呜低吼。

"放轻松，乖宝，他是我的。"艾略特二号说道，湮灭球的光脉动得更加厉害，"知道吗，我一直怀疑有另一个自命清高的我，根本不明白自己有什么样的力量。现在，终于让我见到你了。"

"看来我的运气还不错。"我说道。太棒了，现在我被我自己嘲笑了。说实话，眼睛看着自己，耳朵听自己说话——这种情况我还真不适应。而且，虽然面前这个家伙长得和我一模一样，我们的个性却截然不同。

我必须拖延时间，分散他的注意力，同时赶快想出下一步行动方案。

"那么，金发先生，"我语带讽刺地说，"又是什么让你能如此逍遥自在？对湮灭球，我有一点了解，我知道它会以你内心深处的欲望为食。就算是我这样无聊又自命清高的人，也费了一番力气才抵抗住它的诱惑。"

"你想要一枚勋章吗？"艾略特二号笑着问我，"我知道，我们没那么不同。在我发现湮灭球之前，我的生活也像你一样糟糕透顶。没有人会注意我，我被看成是一个麻烦、一只害虫。但是当机会来敲门的时候，我没有把门关上。我打开门，拥抱了机会。看看现在的我。"

是的，我在看他——我看到的是一个内心彻底腐烂的人。同时我的眼睛也在寻找一切能帮助我的东西。但我看到的只有紫色的岩石、橙色的岩石，还有自由之翼！如果我能回到飞船上，也许我就能从这里逃走。但我不能丢下格蕾丝二号，更何况我还必须拿到湮灭球。

我想不出该怎么做才好！

"如果你大老远地跑到这里来，最终却空手而归，那我也会为你感到难过。"艾略特二号的脸上闪过一丝阴险的笑容，"既然你这么想得到这个球的力量，那我就把它给你吧。"

哦，不——

我的脑海中突然出现了一阵刀割般的剧痛。

他在入侵我的意识！

我觉得自己的大脑仿佛被踏上了一脚，被踩得稀烂！

我跪了下去。

他想要用力量压倒我，突破我的心理防御，控制我的意识。当然，到那时我就不知道他还会干什么了。我不能放他进来。于是我集中自己的每一点消除能量，用力向他推过去。

"也许你抵抗住了你的世界的湮灭球，"艾略特二号咬着牙说，"但你挡不住我。"

他带来的压力太强，我感觉自己的头就要爆炸了！我必须把他赶出去，而我能做的只有更加拼命地推动自己的消除能量。

"你很强大，"艾略特二号似乎有点惊讶，"比我对付过的其他人都强。不过别担心，我很快就会让你屈服。"

我突然飘浮起来。因为我把全部力气都用来防御，所以完全顾不上控制自己的身体。我暂时还可以挡住他，但又能坚持多久？他实在太强了！

"使用我。"一个微弱的声音出现在我的脑海里。

什么？是谁？

"使用我。"那个声音重复着，比刚才响亮了一点。

湮灭球？它怎么会和我说话？难道艾略特二号听不到吗？

"他听不到。"湮灭球继续说道，"我勉强还能遮蔽自己的核心意识，让他察觉不到。而你如果想要活下去，就必须马上使用我。"

"怎……怎么用？"

"你只需要停止对抗。"湮灭球说，"只要打开你的意识，让我进入，剩下的都交给我就好了。"

"让你进来？你疯了吗？只要我这么做，他立刻就会控制我，然后我这辈子就只知道吃婴儿食品了！"

"如果你不用我，你就死定了。"

"你开始变弱了。"艾略特二号说，"我就要攻进去了。"

他说得没错！我觉得自己的头已经被一把气压锤砸进来了一半。

"使用我！"湮灭球再次恳求我。

我感觉昏昏沉沉、头晕目眩，妈妈、爸爸和格蕾丝的影子不断从我的眼前闪过。如果我找不到办法战胜他，那他们也都会失去生命。

我实在太疼了!

我……我没有别的选择!

我闭上眼睛……放开了自己。

压力立刻减轻了。

一道强烈的能量波动涌过我的全身。我睁开眼睛,感觉全身上下的每一根神经都处于高度警醒的状态。我能看到艾略特二号皮肤上细小的毛孔,能听到小影二号脖子上的毛被微风吹拂而发出的声音,能感觉到成千上万看不见的分子撞击在我的皮肤上。

我从没有过如此生机焕发的感觉。我觉得自己如此……强大,就好像我从等级零一下子跃升……到了第四等级。

"嘿!"艾略特二号喊了一声,眼睛死死地盯着手中的湮灭球,"出什么事了?它怎么不起作用了?"

强大的能量在我的血管中涌动,我却觉得自己的动作异常缓慢,就好像我沉没在糖浆里,好像我离开了自己的身体。

艾略特二号睁大了自己褐色的眼睛——他刚刚意识到湮灭球已经离开了他手中的那个球体,进入了我的体内。

"**快,**"湮灭球说,"**攻击。**"

我很愿意展开一场善良战胜邪恶的史诗性的战斗,但我的身体却完全不听我的。我闭上眼睛,一个压倒一切的念头占据了我的意识。

不行，还不够。

我猛地睁开眼睛，一股怪异的橙色能量喷射出来，淹没了艾略特二号。

嗯，这是从哪里来的？

没等我想明白，这股能量就已经消散了。艾略特二号趴在地上，用双手和双膝撑着身子，嘴里嘟囔着："没……没了，我的……力量。"

我这才明白发生了什么。

湮灭球消除了他的力量——是永远消除。

他现在是"零"了。

"你……是你干的。"他站起身，将那个无用的小球扔在地上，"你拿走了湮灭球的力量。把它还给我，还给我，否则我杀了你！"

"快，"湮灭球说，"**快了结他。**"

"**什么？不！**"

"**不要封印我。**"湮灭球催促着，"**快向我完全敞开。**"

艾略特二号捡起一块边缘锋利的石头："湮灭球是我的，不是你的，是我的！"

小影二号来到他身边，发出一阵阵威胁的叫声。

我却仿佛要施展魔法一样伸出一只手，同时听到自己在说："停！"

小影二号像雕塑一样定住了。

艾略特二号将手中的那块石头高举过头顶，恶狠狠地向我跳过来。突然，一只蓝色的拳头有力地打中了他的下巴。

艾略特二号向后飞出去，撞上一块岩石，面朝下趴在地上。

"够了，小弟。"格蕾丝二号揉搓着自己的指节，说道，"我们全都受够了。"

小影二号发出一声呜咽。我放开它，它立刻跑到主人身边，伸出舌头舔他的脸。但艾略特二号一动不动——他昏过去了。

"你应该彻底干掉他。"湮灭球说，"现在动手还不晚，他无法反抗。你要完全向我敞开自己。"

"安静。"我命令它，同时试着彻底将它封印起来。但我能察觉到，这一次的情况不一样了。这个湮灭球比我曾经拥有的那一个强大得多。

我将艾略特二号扔在地上的球捡起来。老天在上，湮灭球又是我的了。

"你还好吗？"格蕾丝二号问。

"我……不知道。别忘了，我们还没有搞清楚他为什么要来这里。而且我有一种很强烈的感觉，我们就要没——"

"没时间了？"一个低沉的声音从我身后传来。

我转过身，发现坐在椅子上的观察者已经完全恢复过来。天哪，我真是连一秒钟的休息时间都没有。

"的确，艾略特·哈克尼斯，时间是你最大的敌人。"

太棒了，这正是我现在要听到的话。

"我不知道你这么说是什么意思，但我知道，我们没时间猜你那些疯狂的谜语。所以，帮帮忙，直接告诉我你都知道些什么。"

"我知道什么？"观察者转头看向群星，"我知道一切都将终结，而这全都是我的错。"

"你的错？你在说什么？"

"为了得到永生，我坐在这里，在无数个纪元中见证多元宇宙发生的一件件事情。在全部时间的维度里，我看到了亿万生命繁育出新的生命，一代又一代，生生不息。我坐在这里观察、思考——我的契约到底有什么目的？我要给予它什么，又能从它那里得到什么？"

"嗯，是啊。"我回应了一声。但他到底想说什么？

"本质上，我并非天生的宇宙生命体，但我却被赋予了一定程度的宇宙能量，同时又被禁止运用这种能量。一个又一个十年，一个又一个世纪，我的意志逐渐衰弱下去。有一天……它终于崩溃了。我违背了自己庄重的誓言，不再是一个公正无私的观察者。"

我朝格蕾丝二号瞥了一眼，她早已瞪大了眼睛。我也明白，观察者随后要说的话肯定非同寻常。

"于是，"观察者继续说道，"我创造了一个孩子。"

"你怎么了？"我不假思索地问道。

"一开始，我还能掩饰它的存在。但随着它越长越大，它的胃口也越来越恐怖。我想要喂饱它，但这很快就变得不可能。后来，它会不时溜出去，以减轻自己饥饿的痛苦。"

饥饿的痛苦？

等一下！不会……

"你……你的意思是，你的孩子是……是……"我说不下去了。

"灾星。"观察者说，"我的孩子就是灾星。"

我感觉自己的下巴掉到了脚趾上。那么多无辜的生物——数以亿万计——被无端摧毁，只是因为灾星的饥饿。

"过了一段时间，它长得太大了，就连我的力量也无法继续隐藏它。它是一股纯粹的毁灭力量。很快，它的存在就被管理宇宙的秩序和混沌察觉到了。他们对我进行了惩罚——为了让我承担干扰多元宇宙的后果，他们拿走了我的视力，却没有动我的永生。所以，我只能坐在这里，忍受无尽的黑暗，直到永恒尽头。"

"你应该受到惩罚！"我喊道，"你要为所有的死亡和破坏负责！这全都只是因为你想要一个愚蠢的孩子？"

"是的。"观察者低下头，"作为它的父亲，我发誓，我会不惜一切代价保护它。我恳求秩序和混沌饶恕它。于是，他们把它当作工具，去玩那个扭曲的游戏。直到他们两个在竞技场世界同时被毁灭，灾星就又一次得到了自由。"

"是的，"我说，"能够自由地吞噬更多的世界，比如我的世界。"

"这是最让我后悔的地方。"观察者说，"我想要成为父亲，想要体会为人父母的快乐，却释放出如此黑暗、邪恶的力量，让它夺走了多元宇宙的光。灾星是我的孩子，但我知道，它必须被毁灭。"

"那么，你要怎么做？"我问。

"是我创造了它，"观察者继续说道，"但命中注定不能由我来摧毁它。"

太棒了。如果这件事他做不了，那又有谁能……

哦，不。

"艾略特·哈克尼斯，你又一次成了湮灭球的主人。这次你拥有的是最终的湮灭球，也是多元宇宙中最强大的武器。"

"那……么，我应该用它做什么呢？"我非常害怕他将要给我的答案。

"这不是很明显吗？"观察者那双死白色的眼睛看穿我的身体，看向远方，"你必须带着湮灭球进入灾星的大脑，在那里把它炸掉。"

奇迹档案

观察者

姓名: 未知	身高: 3.05米
种群: 未知	体重: 未知
身份 / 状态: 宇宙生命体 / 活跃	眼睛 / 头发: 白色 / 秃头

奇迹等级: 无法估计	能力评分	
观察宇宙的全部事件	战斗力 无	
	耐受力 无	领导力 无
不能干预任何事件	策略 无	意志力 无

·第十一章·

我进入了
发疯的世界

"艾略特？你还好吗？"

我听到有人叫我的名字，知道我应该做出回应，但我做不到。我完全麻木了。

一切都在旋转——格蕾丝二号正操纵自由之翼做翻滚动作。一时间，我感觉不到自己的体重，安全带紧紧勒住了我的胸膛，然后重力在我们头朝下、脚朝上的时候重新控制了我们。格蕾丝二号用力推动操纵杆，将自由之翼的速度提升到最快。观察者向我们揭示了惊人的事实，我们却没有时间阻止灾星了。

自由之翼里没有能够囚禁艾略特二号的牢房，所以我们暂时将他留在了观察者的世界。说实话，我想不出还有什么惩罚比这个更严重——他现在什么都不能做，只能听孤独已久的观察者滔滔不绝地训诫和唠叨。不过，至少小影二号还在陪着他。

我无法理解的是，为什么坏事总是不断发生在我身上，就好像我的屁股上贴了一个"来踢一脚"的大广告牌。我知道我需要湮灭球来阻止灾星，所以我才会跑到这个地方来。但我一直都想象自己只需要遥控湮灭球的力量和灾星战斗，而不是自己钻到那团绿色迷雾里面去。就算我真的炸掉了灾星的脑子，我自己不也会被炸死？

怎么看，这都是个自杀任务。

真是太奇妙了。

"还有一个办法。"湮灭球说。

说到奇妙……

"安静。"我命令道，"我不会接受你的建议。"

"那么你打算听那个蠢瞎子的话？"湮灭球反问我，"按照他指的方向走，你只有死路一条。我的路却能够让你超凡入圣，加冕成为多元宇宙之王！"

"没门儿。"我告诉它，"闭上你的嘴。"

我试着让它保持安静，把它压下去，但它却不为所动。

"你控制不了我。"它对我说，"我和另外那个球不一样。不用着急，你会明白的。"

真不错，我已经等不及想要领教一下了。

湮灭球、现实模糊、灾星——现在的麻烦真够多的。当然，似乎只有我关心这些麻烦。

而这是我最担心的。

我深吸一口气，再把气呼出去。

这时，我回想起艾略特二号的话。我能够装出一副勇敢的样子，假装自己是强大的英雄，但我知道真相。

我不是能够拯救一切的超级英雄。

我甚至没办法在下水道里打败短吻鳄，现在我又能怎么办？可怜的阿飘因为我的错误而付出了沉重的代价，现在，我却要去战胜一个以星球为食的怪物，拯救亿万生命？到底是谁在开玩笑？

我只想缩进一个窟窿里，好好藏起来。也许正义队长二号说得对，有些人天生就不是当英雄的料。

　　"准备潜入水中。"格蕾丝二号说道。

　　"什么？"我完全沉浸在自己的思绪里，根本没注意到我们已经回到了地球二号的大气圈。

　　我低头向下看，发现我们正在朝一大片水面冲过去："呃，这是哪里？"

　　"大西洋。"她告诉我。

　　"我们为什么要跑到这里来？"

　　"寻求支援。"格蕾丝二号拨动几个开关，自由之翼转变为两栖模式，"坐稳。"

　　我绷紧身子。自由之翼一头冲进水中，成千上万个小气泡覆盖了前视舷窗。我等待着飞船恢复平稳，但格蕾丝二号驾驶飞船一直向下。我看了一眼导航仪，发现我们已经到了三百多米深的地方，而且还在继续下潜！我不确定这艘飞船能不能承受如此大的水压。

　　"太深了！"

　　"放松。"格蕾丝二号平静地说，"我们一直都是这么干的。"

　　一直都是？我不知道她在说些什么。不过突然间，飞船外的气泡都不见了，我看到了一座位于大洋底部的巨大的建筑。

这是一座水下城堡！

它非常大，通体呈灰色，分为三个部分，各部分之间由气闸连接。它看上去非常厚实，似乎通体是用合金钢铸造的。城堡的顶部有几个旋转雷达盘，还有我见过的最粗的信号天线。城堡的每一部分都有一排排舷窗，表明其内部也都分了几层。整幢建筑高高地矗立在深插入海底的四条巨型金属腿上。

"那是什么？"我问。

"海德罗堡。"格蕾丝二号说，"海德罗的意思是'水'，不过按照语音来说，它也有'隐藏'的意思。明白了？对于自由力量的秘密基地来说，这是个不错的名字。"

这就是自由力量二号的秘密基地？现在我才明白，为什么这里没有人听说过原点。因为原点并不存在于这个时空，这里只有海德罗堡！

我们从城堡边缘绕过去，停在一扇巨大的舱门前。那扇门立刻向旁边滑开。格蕾丝二号把飞船开了进去，舱门在我们身后关闭，门上巨大的转盘缓缓转动，将我们锁在这座城堡里。

我们进来了，却仍然浮在海水中。我不知道我们如何才能离开飞船，不过我的疑问很快就得到了解答。地面上的大型水泵开始工作，水面逐步下降，最终海水全部从地面流走了。随后，天花板上巨大的风扇负责将剩余的潮气吹干。

这座机库很快就干得和普通机库没什么两样，真是令人惊叹。

"你准备好和团队其他成员见面了吗？"格蕾丝二号打开自由之翼的舱门。

"我和大家从来都不陌生。"我说道。

格蕾丝二号首先走了出去。一队超级英雄穿着我不认识的制服正迎向我们。首先是洞察女士二号。她跑上来，给了格蕾丝二号一个大大的拥抱："格蕾丝，出什么事了？我们还以为你被捉住了。我们正要去救你。"

"我的确被抓了。"格蕾丝二号说，"但艾略特救了我。"

"艾略特？"洞察女士二号问。

没等我的脚踏上机库的甲板，她就把我抱了起来。"没想到我还能再见到你。"她说，"真高兴你能来这里。感谢你救了格蕾丝，我们现在欠你两个救命之恩了。"

"这是我的荣幸。"看到自己的妈妈从褐色头发变成了金色头发，我到现在仍然有点不适应。不过她毕竟只是妈妈二号。

这时，我注意到一只灰色的小老鼠坐在她的肩膀上。它一定是这个世界的技术霸主。

"这样拼图就完整了。"技术霸主二号一边用明亮的小眼睛盯着自由之翼，一边捋着自己的长胡须，"我的理论得到了证实。"

我不明白它在说些什么。不过，更让我感兴趣的是一个身材干瘦、头发被发胶糊成几个尖儿的人。他站在妈妈二号身后，身穿一件绿色制服，胸前有两道交叉的金色闪电。

电枪？他是好人了？

他的右手边是一个身材稍矮但壮实一点的人，穿着橙色制服，弄了一个莫西干发型。这是真的？我不假思索地跑过去，伸开双臂抱住了他。

"阿飘！真高兴看到你活过来了！"

他低下头，用古怪的眼神看着我，对我说："呃，我认识你吗？"

这时我才意识到，这不是我的世界的阿飘，而是阿飘二号！我向后退开，脸涨得通红："抱歉，我认错人了。这个说来话长。"

"应该是。"他回应了一句。

我看着站在面前的英雄们。他们就是自由力量二号剩下的全部的人了？如果是这样，我不知道怎样才能战胜灾星。我们需要更多的援助，非常多的援助。

"介意我加入吗？"一个浑厚的声音响起。

我转过身，看到一个穿红蓝白三色制服的男人从气闸舱里走出来，正义徽章就佩戴在他的胸前。是正义队长二号！他修剪了胡须，把头发也剪短了。

"爸爸？"格蕾丝二号喊道，"你怎么来了？"

爸爸二号伸手按住我的肩膀："有人提醒了我，作为英雄意味着什么。那不在于你拥有怎样的力量，或者多么善于使用力量。英雄需要的是决不放弃，无论面对怎样的困难。"

"所以，你回来了？"格蕾丝二号问。

他看向妈妈二号，微笑着说："是的，我重新加入了自由力量。"

格蕾丝二号给了他一个大大的拥抱："这是我听到的最好的消息！"

"那么，你们到底去哪里了？"妈妈二号问。

格蕾丝二号和我对视了一眼。

"这可是一个很长的故事。"她回答道，"不如我们先来些果冻甜甜圈，我一边吃一边简单地和你们说一下？我饿坏了！"

…………

在餐厅里回顾了我们疯狂的冒险之后，我们又跑去厕所解决了一下内急的问题，然后大家在任务室重新集合。我走进任务室的时候，不由得再次惊叹海德罗堡和原点竟然如此相似。有些房间所在的楼层的确有所不同，但两个总部都有格斗室、监控室、起居室、餐厅、机库、实验室，当然，还有生活区。

自由力量二号围着一张圆形大会议桌坐了下来。这里一共有十二个座位，我跳到了其中一个空座位上。

"那么，艾略特，"妈妈二号开始讲话，"根据我的理解，多元宇宙在坍缩成一个宇宙；同时有一团巨大的迷雾想要吞噬你的地球；你拿到了这个宇宙中最强大的武器；而我的儿子和他的狗羁留在了一颗遥远的行星上，正被一个失明的宇宙生命体保姆照看着。我漏掉什么了吗？"

"没有，总体来说就是这样。"我回答道。

"那么，我们下一步该怎么做？"爸爸二号问。

"我需要回家去，"我说，"越快越好。"

"那你打算如何行动？"他又问。

"嗯，是我的朋友风行者把我带到了这里。他告诉过我，只要我想回去，就直接呼唤他。所以我想，我现在应该喊他一声。我建议你们把耳朵捂住。"

英雄们交换了几个眼神，纷纷照我说的做了。我站起身，深吸一口气，用力喊道："风行者！"

但什么事都没发生。

从大家盯着我的眼神中，我清楚地看到他们都怀疑我有点发疯。

"抱歉，"我说，"上次我就是这么把他叫过来的。"

上次风行者和我分别的时候对我说过，他要去搞清楚现实模糊到底是怎么回事。那时他还说希望我们能够再见。所以，如果他没有来，那就一定是发生了什么可怕的事情。只是现在我没办法回家了。

我感到两条腿一阵虚弱无力，身子跌回到椅子上。我无法相信，自己已经走了这么远，现在却被困在这里。我的家人、我的朋友，他们都要被毁灭了。

"我……我失败了。"我说。

"也许吧，"技术霸主二号蹿到了会议桌正中央，"但也许还没有。跟我来。"它跳到地上，朝门外跑去。

我们跟着它穿过海德罗堡，和它一起钻进了一个看起来非常眼熟的下沉式房间——它的实验室。

很明显，这位技术霸主并不比我的那一位爱整洁。它这里的烧杯、瓶子、煤气喷灯、显微镜和其他杂七杂八的设备跟我的那只老鼠的设备没什么两样。不过，它的实验室还是有一个非常特殊的地方——在这个房间的正中央，有一个巨大的球体。

"这个仓鼠球是怎么回事？"电枪二号问。

"你的话很风趣。"技术霸主二号一边说，一边爬上一条小型坡道，停在一台电脑前面，"不过，我管它叫'跃迁船'。"

"也可以叫作'大麻烦'。"格蕾丝二号悄声说。

"你们看，"技术霸主二号开始用小爪子敲击键盘，"我已经在大气圈内部收集到了一些奇怪的信号。"它用尾巴尖指了指我，"他能站在这里，这件事本身就很令人吃惊。不过我可以假设，那位风行者是通过虫洞把他送到了这里。而更让人吃惊的是他们开过来的那艘飞船。那艘自由之翼来自他的宇宙，而且是自己过来的。"

"那又怎样？"电枪二号问，"快说重点，干酪头。"

"那样的话，根据我的分析，就在此时此刻，他的宇宙和我们的宇宙应该已经实际上叠加在一起了。"

"什么？"阿飘二号叫了一声。

是现实模糊！它就发生在我们身边，就发生在我们眼前！

"这两个宇宙已经处于即将融合的状态，"技术霸主二号说，"两个宇宙中的对应分子随时都有可能发生坍缩异变，其中一个宇宙会被彻底地抹去。"

"呃，你还真会安慰人。"电枪二号说。

"现在我邀请所有人进入跃迁船。不过你除外，队长，你需要留在这里。"

我们沿着坡道走进那个怪异的大球中。球的内部不像从外面看上去那么大，不过因为它是半透明的，所以至少在感觉上要宽敞一点。

"好吧，技术霸主。"爸爸二号说，"我留在这里干什么？"

"跃迁船完全是由不稳定分子构成的，并不符合我们宇宙的传统规则。如果我的计算是正确的，只要用正确的力量推动，我们就有可能脱离我们的宇宙，进入艾略特的宇宙。所以我们需要我们的驻守投球手把我们举起来，投出破纪录的最快一球。"

"如果你的计算错了呢？"妈妈二号问。

"那么正义队长就要做很多的清理工作。"

"你真可爱。"我说。

"我要用什么办法才能和你们会合？"爸爸二号问。

"恐怕没有办法，队长。"技术霸主二号说，"这也许是我们最后一次见面。"

"爸爸，不！"格蕾丝二号喊道。

"抱歉，亲爱的。"爸爸二号说着，单手举起了装载着我们所有人的大球，"这也是我刚刚才明白的道理——作为英雄，难免会有牺牲，但无论怎样的痛苦，都不是放弃的理由。"

他挺起身，以无与伦比的力量将我们朝远处的墙壁抛过去。

奇迹档案 // 自由力量二号

电枪二号

奇迹能力：能量操纵

奇迹等级：

荣耀少女二号

奇迹能力：飞行

奇迹等级：

正义队长二号

奇迹能力：超级体能

奇迹等级：

洞察女士二号

奇迹能力：精神力量

奇迹等级：

技术霸主二号

奇迹能力：超级智力

奇迹等级：

阿飘二号

奇迹能力：能量操纵

奇迹等级：

· 第十二章 ·

我参加了一次
很不顺利的家庭聚会

撕裂宇宙结构绝对是一件震耳欲聋的事情。

那种声音有点像不小心扯开了裤裆——当然，这种事情从没有在我身上发生过！——只不过它要比撕开裤裆的声音响亮一百万倍！在跃迁船里，我们就像爆米花机里的玉米粒一样撞成了一堆。我确信，一条老鼠尾巴还在某个时刻插进了我的鼻孔里！

这真是一场疯狂的赌博，而我们唯一的希望就是技术霸主二号的那些不稳定分子。现在看来，也许我应该在用生命冒险前多问几个问题，比如这次行动的成功概率有多大。不过一切都已经太晚了。

跃迁船的外壳就像一层毛玻璃，透过它，我能看到外面一片黑暗。我们在虚无中不断地打转——这是我唯一的感觉。谁知道实际情况是怎样的，也许我们已经死了？是啊，这不就能解决我的一切问题了？至少暂时是解决了。

我觉得我要吐了。

"玩得愉快吗？"

"别说话，"我在心里说，"求你。"

"你仍然可以统治一切，"湮灭球继续说道，"只要你一句话。"

"我只有两个字——"我告诉它，"闭嘴！"

"随你吧。希望你不要吐出来。"

哐当！一次猛烈的撞击让我觉得自己的骨节都松了。

随后，我们一下子回到了光明中。

"成了！"技术霸主二号喊道，"我们穿过来了！"

跃迁船一路横冲直撞，一次次碰到地面，又高高弹起。每一次碰撞，都让我觉得内脏被狠狠打了一拳。大球里面到处都是胡乱挥动的胳膊和腿。终于，我们的滚动缓和下来。我觉得我们仿佛一直滚了好几公里，才被某种牢固的东西挡住了。

我面朝下趴着，鼻子压在球底。慢慢地，我用胳膊肘撑起身体，环顾四周。此时的跃迁船内部看上去就像是一间急诊室：格蕾丝二号的鼻子在流血；电枪二号捂住自己受伤的左胳膊；妈妈二号一只眼睛有了黑眼圈；阿飘二号正抱着技术霸主二号，好像抱着一只超小号的泰迪熊。

"大家都还好吗？"技术霸主二号尖声说道。

回答它的是一阵呻吟和呼号。

我的脖子很痛，感觉像是扭伤了，不过我没时间理会这点疼痛。我需要知道我们是不是到了我的宇宙。要搞清楚这一点，办法只有一个。我拼命寻找出去的门，才发现那扇门跑到了这个大球的顶端。

"我们需要制订一个计划。"我听到技术霸主二号在说话。

一个计划。没错，听起来很好。我站起身，踩上了阿飘二号的背。"嘿！"他喊了一声。我没理他，径自向舱门伸出手。

"艾略特，等等！"我听到妈妈二号在喊。

我够不到那扇舱门，只要再把手伸过去一点……再一点……

够到了！

我向下一拉，舱门朝内打开。我用力抓住舱门，猛地把身体拽起来。让上半身探出跃迁船之后，我挂在舱口，向周围看了一眼。

嘿，我认识这些房子！

这里是中央大街！那边是冰激凌店！还有警察局！我回到拱心石城了！

我的拱心石城！

我们成功了！我们真的……

"低头！"湮灭球喊道。

我不假思索地落回跃迁船里面，而一个巨大的东西同时呼的一声从我头顶掠过！

幸好英雄们在我把腿摔断前接住了我。

"艾略特，"格蕾丝二号说，"你的脸白得像见了鬼。那是什么？"

我也不太清楚。

我需要再上去看看。

"艾略特？"她又喊了一声。

"把我举起来。"我说。

这一次，阿飘二号主动跪在地上，我爬上他的肩膀，他把我托起来，我又钻出跃迁船，向天空望去。

那里有很多物体。

它们都飘浮在半空。

那不是云，也不是飞机或鸟。

是战舰。

光灵战舰。

有好几百艘。

"马上离开这里！"我命令道，"我们受到攻击了！"

格蕾丝二号飞起来，把我拽出了跃迁船。其他英雄也纷纷跳出来，和我们一起站到地面上。

"我的牛油果酱啊！"技术霸主二号说道。

"我真的没看错？"格蕾丝二号说。

"这也太多了！"电枪二号说。

"我们没多少时间了。"妈妈二号说，"我们需要先保证市民的安全。快，分派任务了。"

英雄们开始商议，我却完全无法集中精神，甚至连他们说了什么都没听到。我的心思完全飞到了别的地方——这么多光灵战舰跑到这里来干什么？上一次我见到光灵皇帝的时候，竞技场世界刚刚崩裂成上亿块。我以为我们达成了共识——我不想拿他怎么样，同时我也没有了湮灭球，对他来说也没用了。

他不会知道我有了另一个湮灭球。他知道吗？不可能！那么，他的舰队为什么又跑到这里来？

"**艾略特**，"一个女性的声音出现在我的脑海中，"**是你吗**？"

我猛地转过身，发现另一队英雄正向我们赶过来。是自由力量！

我的自由力量！

他们一直冲到我们面前才停下脚步。两支英雄团队围着我，都用怪异的目光瞪着对方。

"零点超人，"爸爸先开了口，他的两只拳头都紧紧地攥着，"你有危险吗？"

"没有，长官。"我说，"他们是我的朋友，是自由力量，来自另一个宇宙的自由力量。"

"你说什么？"格蕾丝问，"你明白自己在说什么吗？"

"听着，"我说道，"我知道我的话很奇怪，但这是事实。我们的两个宇宙非常相似，而且正叠加在一起。实际上，它们很快就会融合成一个。因为那个所谓的现实模糊，最终只会有一个宇宙存续下去。但相信我，这还不是我们眼前最大的问题。我们要对付的是一个宇宙级别的怪物，它正要来吃掉我们的行星。而我也不知道为什么光灵偏偏选在这个时候来侵略我们。你们明白了吗？"

"你是说，这里现在的局势很混乱，就像变成了疯人院？"格蕾丝问。

"太奇妙了！"技术霸主在它的喷气背包的推动下，来到跃迁船前面，开始端详这个大球，然后它转向另一个灰色的自己，"不稳定分子？"

"是的。"技术霸主二号兴奋地回答，"我研究它们已经超过十年了，不过到现在为止，我也只能在实验室环境中制造它们。你根本无法相信这有多难，要让非大一统——"

"原子核实现谐振？"技术霸主给它补上了后半句。

"太棒了！"格蕾丝在旁边嘟囔着，"现在我们的技术话痨变成立体声了。跟着你的这些怪人是真的？哪个脑子正常的人会认为褐色头发的我好看？"

"嘿！"格蕾丝二号对我说，"你说得对，艾略特，她可真粗鲁！"

"粗鲁？"格蕾丝寸步不让，"那我就让你看看什么是粗鲁！"

"这不是电枪吗？"蓝闪电问，"他不是个恶棍吗？"

"如果你要找恶棍，"电枪二号伸手朝暗影鹰一指，"那就看看他吧。"

"你有问题吧？"暗影鹰没好气地问。

"当然有问题。"阿飘二号向前迈出一步，"你想不想要一张去口袋空间的单程票？"

"阿飘？"爸爸说道，"你还活着！"

"是的。"阿飘二号一边说，一边开始聚集能量，"我可不只是还活着呢。"

"喂！喂！我们没时间了！"我站到这两队人的中间。这可不是我希望中回家的样子，他们马上就要打起来了！"听着，我们全都是英雄！"

"艾略……我是说，零点超人，"妈妈严肃地说，"我相信你的新朋友都是好人，但你能不能确切地告诉我你去了哪里？一连消失好几天，又完全不联系我们，显然你不觉得这是问题，但对于我们这些要为你的安全负责任的人来说，这实在太折磨神经了。"

哦，天哪，我知道妈妈用这种口气说话的时候意味着什么。

"你没有看到我留下的字条吗？"我问。

"什么字条？"妈妈将双臂交叉在胸前，一只脚一下一下地拍打着地面。

"就是我留在……技术霸主那个一团乱的实验室里的字条。抱歉。"

"我们以后再说这些。"爸爸插话道，"现在，关于你的那些朋友……"

好吧，我有大麻烦了，如果我不能立刻解除这些纷争所带来的干扰，把所有人的注意力拉回到最重要的事情上来，我们很快就会变成灾星嘴里的面包片。

干扰？等等，原来是这样！

天哪！

我知道光灵跑到这里来要干什么了！

"你终于想到了，对不对，天才？"湮灭球说。

"不要动。"我命令道。

"我们能够干掉他们。"湮灭球劝说道，"你拥有你需要的一切力量。它就在你的周围。"

"什么？你是什么意思？"

一道强光突然亮起，我们一时间什么都看不见了。我用手掌遮在眼睛上，抬起头看向天空。

信使正盘旋在我们头顶上方！

"你们好，英雄们。"他说道。

"嗯，他就是你说的那个宇宙级别的怪物？"格蕾丝问我。

"不是。"

"那他是谁？"

"我赌这不是什么好事。"电枪二号说。

"我被称作信使。"信使回答道，"我们又见面了，小不点英雄。"

显然，他嘴里就没什么好话。

"等等，"格蕾丝说，"你认识这个人？"

"是的。"我告诉她。

"他是好人吗？"

"不是。"

"太好了。"

"我告诉过你，我会回来。"信使继续说道。

"我看到你还带来了朋友。"我对他说。

"啊，是的。"他向周围扫了一眼，"我说我需要帮手来摧毁地球，光灵们立刻就答应了。我早就知道，他们在这种事上非常主动。"

"为什么要把他们带过来？"我问他，"在灾星摧毁普罗塔拉安的时候，你并不需要他们。"

"普罗塔拉安没有英雄。"信使回答，"我发现有些英雄总是喜欢插手和他们无关的事情。"

"和我想的差不多。"我说道，"所以，这些光灵就是为了来干扰我们，好让你顺利地干完你的脏活儿，嗯？我猜，你很害怕，因为我们会阻止你。"

"哦，你们阻止不了我。我只是不希望有人拖慢我的脚步。"

我死死地盯着他的眼睛："我们要做的可不仅仅是拖慢你的脚步。"

"你真的把我逗笑了，小不点英雄。不过就算是拖延时间，恐怕你们也做不到，除非你能先抓住我。"

随后，他就化成一道光束飞走了，只留下一道耀眼的烈焰痕迹。

"我去抓他！"两个格蕾丝同时喊道。

但还没等她们动一下，天空中就传来一阵雷霆万钧的轰鸣。

光灵战舰向我们俯冲了过来！

开始了。

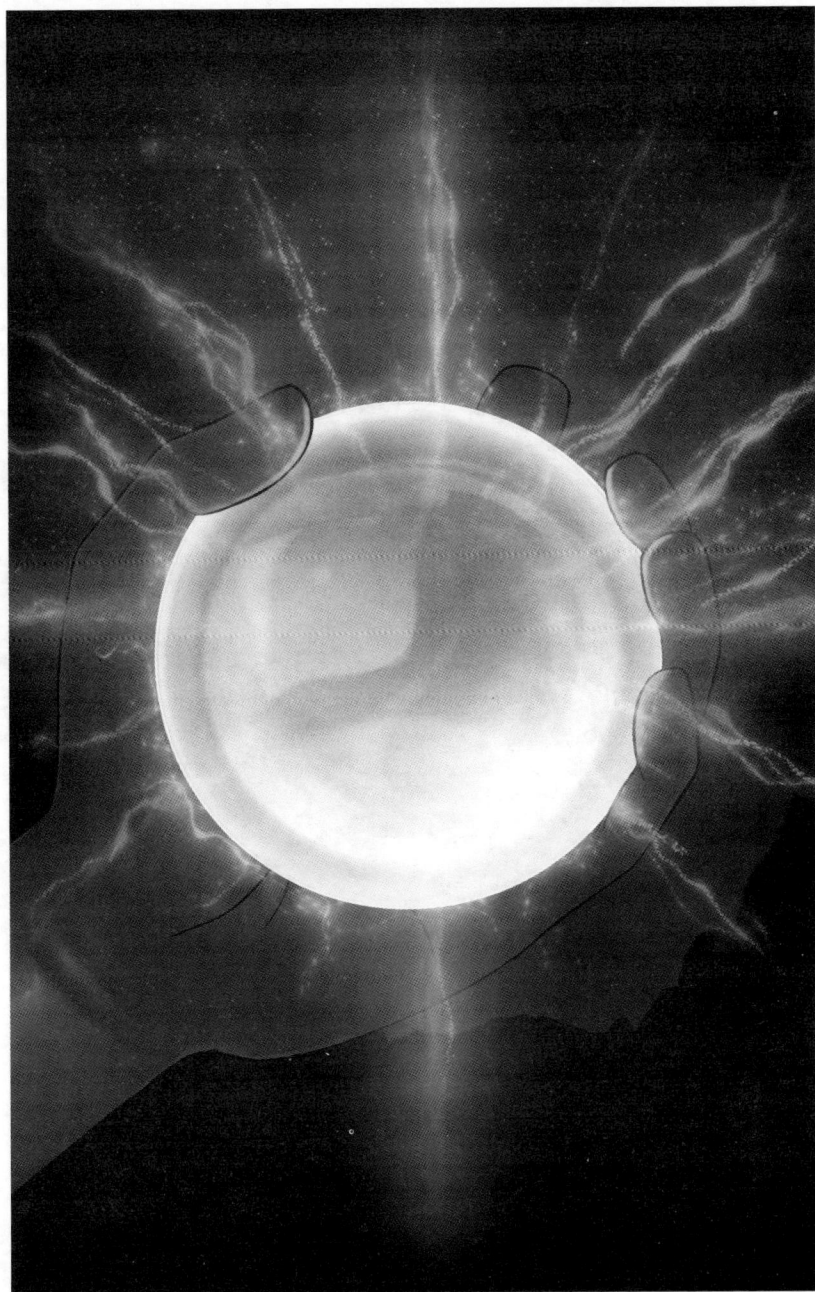

·第十三章·

我努力抓住 "火焰"

"自由力量，战斗的时刻到了！"

我看到爸爸将英雄们召集到一起，而数百艘光灵战舰也在冲向我们。我希望能留下来帮忙，但我必须先阻止信使。现在唯一的问题是，我不知道该怎么做！

他的速度太快了，而且还跑在了前面！这次我身边没有了自由之翼，我自己当然飞不起来。

"你确定吗？" 湮灭球问我。

"我觉得我知道自己能不能飞。"

"那是过去的你，不是现在的你。"

"你在胡说些什么？"

我没时间和它讨论这种事，光灵舰队已经杀到了我们头顶。哑剧大师用一个紫色的能量泡泡罩住了我们所有人，让外星战舰的激光炮火伤害不到我们，但他的保护罩明显承受了极大的压力。我看得出，哑剧大师只是维持这层保护罩就已经拼尽了全力。我不确定他还能坚持多久，实际上，我甚至不确定我们该如何活下来！

"我们需要引他们离开城区！"妈妈喊道，"正义队长、哑剧大师、蓝闪电，你们负责掩护，其他人跟我来。"

两个格蕾丝分别抓住我的一条胳膊，把我提到了空中。"我们走，弟弟。"我的姐姐对我说。

"等等！"我叫喊着，"把我放下！"但她们根本不听，而是带着我朝与信使相反的方向飞去！

"别扭来扭去的，放松。"格蕾丝二号说，"我们要带你去安全的地方，然后我们再去对付那个火球。"

她们根本就不明白。光灵算不上真正的威胁，真正可怕的是那个信使！

我看到爸爸、哑剧大师和蓝闪电正在对抗扑来的光灵舰队。爸爸抓起他能找到的一切东西——被丢弃的车辆、路灯杆、垃圾桶，将它们向光灵舰队的核心位置抛过去。蓝闪电转圈飞奔，带动空气形成一股股龙卷风，将外星战舰吸入其中，再甩回到太空。哑剧大师创造出一支紫色的巨型网球拍，不停地左右挥拍，把一艘艘战舰打回去。

但敌人实在太多了，有几十艘战舰钻过了他们三个的防御缝隙。

那些战舰的目标是我们，我们很快就要被追上了。

"快！"湮灭球说。

"快什么？"

"放开你的意识，使用我。"

"不！"

"上一次你让我进入了你的意识，然后你很快就甩开了我。再让我进去，让我完全进去。这是唯一的办法。"

虽然极不情愿，但我还是感觉到自己被它的力量吸引——就好像我脑子深处有一个地方痒得厉害，我恨不得伸手去挠一挠。它在把我吸过去，引诱着我。

我努力抵抗，但那实在太难了。这时我才明白，湮灭球完全没有着急，它一直都在耐心地等待这个时刻——我急切地需要它，并且再没有其他选择，只能让它完全占据我意识中的每一个角落和缝隙。

我不能让这样的事情发生。

"你很强大，"湮灭球说，"**远比另一个你更强大。但你没有时间了。**"

追赶我们的战舰正迅速向我们逼近。

"**信使正在发出信号。这可能是你最后的机会了。放开你的意识，让我进去。**"

但我不能。

"**那你就只能失败。你会失去一切。**"

领头的光灵战舰发射出一道激光，刚好擦着阿飘二号的身体飞过。阿飘二号的惨叫声响彻这片空间，他倒在地上，紧紧地抓住自己的一条腿。他受伤了！

阿飘的影子在我的意识中掠过。他已经死了，变成了石像，而这全都是因为我——因为我没能在必要时刻采取行动。我发誓，我不会再让任何人因为我而受伤。

爸爸二号的话回荡在我的脑海中：**作为英雄，难免会有牺牲，但无论怎样的痛苦，都不是放弃的理由。**

我知道我必须做什么了。

我闭上眼睛。

"把力量给我，全部力量，立刻。"

"好的！"湮灭球兴奋地喊道。

我放开意识，一种奇异的感觉涌遍我的全身，就好像我所有的细胞都在打开，都在解锁，都在被不可思议的能量充满。突然间，我感觉自己真正被注入了超级能量，全身如遭电击，仿佛能够统治一切。

在这之前，我只有一次有过同样的感觉。那时我正在……在奇迹捕手的意识中！

"我……我现在达到第四等级了？"

"你进入了全能状态。"湮灭球告诉我，"你可以召唤你想要的任何一种能力。"

如果我真的和奇迹捕手一样，那就意味着我能够复制其他任何奇迹能力！所以湮灭球才会说，我可以……

天哪，这很疯狂，但也很酷！

"我该怎么做？"我急忙问它。

"很简单。你只需要将你的意识伸展出去，就能得到你想要的奇迹能力。"

我闭上眼睛，将我的意识推出去。这一次，我没有消除格蕾丝二号的能力，而是复制了它，让它在我的体内重现。

"艾略特，你在干什么？"格蕾丝二号说，"不要挣扎，你这样会……艾略特！"

我挣脱她们，开始自由下落。

在那一瞬间，我非常害怕，觉得自己会在地上摔成肉饼。不过我很快就伸展双臂，心中想着"飞行"。

我一下子就停止了下坠。

我……飘起来了？

我……我做到了！

"嘿，"格蕾丝喊道，"你是怎么做到的？"

"等会儿再告诉你。"我忽然想起奇迹捕手的档案，那上面写着，他能够复制同一类型的多个奇迹能力。"现在，我也需要你的力量。"我将意识延伸出去，也复制了格蕾丝的飞行能力。我能感觉到她们的力量在我体内倍增。"听着，我要去阻止信使。你们要尽全力干掉那些光灵。还有，千万不要死。"

"艾略特，"格蕾丝说，"等一……"

还没等她说完，我已经飞走了。

强风吹在我的脸上，我用自己的力量掠过天空。这有点像是游泳——只要排开的水的重量超过体重，就能漂浮在水上。不过现在是空气分子在支撑我，同时这里也没有消毒用的氯刺激我的眼睛。

几艘光灵战舰离开大部队，向我追过来，但拥有两位荣耀少女力量的我比它们快多了。只过了几秒钟，它们就放弃了追逐。我想，它们的雷达波也追不上我了。

我又向拱心石城冲过去。现在那里已经看不到光灵战舰了，两支自由力量团队齐心协力让那些变身者离开了城市。但那里还是遭到了严重的破坏，而我现在也不能展开救援。我的目标在天空中——信使留下的火焰痕迹！

很幸运，那道痕迹依然闪耀着夺目的光。

我急忙追了过去。

"等等，现在这里已经没有外星超能者了。"湮灭球对我说，"这座城市唾手可得。"

"所以呢？"

"所以现在是开始实行统治的好时机。去控制你那些卑微的臣民，成为他们的君王。"

"是，说得好。"

等一下！我刚刚说了什么？为什么我会这样想？

湮灭球扰乱了我的心神。这太疯狂了，我不想统治任何人！对吧？

"停下！离开我的意识！"

"厉害，你竟然依然有能力掌控自己。相信我，彻底放开自己。"

我感觉到湮灭球在钻进我的脑子。我必须控制住它，而不是让它控制我。但我现在还有任务要完成。

当我注意到前方的异样时，我已经飞出了西海岸——那里出现了第二道火焰燃烧的痕迹。这只可能意味着一件事：信使已经绕地球飞了两圈！

我清楚地记得他在普罗塔拉安是怎么做的——环绕那颗注定要被毁灭的星球飞过一圈又一圈，最终留下一系列环形的火焰燃烧的痕迹，就好像电子围绕原子核旋转的轨迹。这么刺眼的信号，大概在宇宙的任何地方都能看到。

这就是召唤灾星来进食的信号。

我转向那道新的痕迹，加速追了过去。

很快，我就注意到一串岛屿出现在下方的海面上。它们让我觉得眼熟，也让我进一步加快了速度。

在这里，我又看见了他，一个明亮的"火球"在天空中画出一道弧线。

"停下！"我喊道。

信使回头看了我一眼，露出一丝冷笑。随后，他骤然停住，而我则从他身边一下子冲了过去——这可不太像我希望中的英雄出场方式。

"小不点英雄，"他说道，"你来要更多的惩罚了？"

我努力刹住车，回头冲向那个恶棍。在我们上一次对峙的时候，我没有足够的力量彻底拿下他，但这一次，情况不同了。

"一切都结束了。"我说道。

就在这时，我注意到了一件事——我在下沉，在从天空中掉下去。

"你确定吗？"信使冷笑着问。

"出什么事了？"

"你没有储备足够的能量，又过于远离你的能量源。"滗灭球告诉我，"你已经失去了飞行能力……"

哦，不！

我就像一只锚一样迅速掉了下去。

"夺取他的能量！"滗灭球喊道。

但我没办法瞄准他，我正从上千米的高空向海面飞速坠落！从这个高度掉下去，一碰到水面，一准会碎成一百万片！而且我连呼吸都做不到了！我觉得我要晕过去了！

就在这时，我停止了下坠。

怎么回事？

许多水滴落在我的脸上，我感觉我的整个背部都湿了。我低下头，发现一根粗大的水柱托住了我。

又是那帮人！

一个身披绿色斗篷、胸前有龙形徽章的人一下子将我举回到高空中。"我们又见面了。"绿龙对我说。

是旭日！

"听着，"我告诉他，"很感谢你们救我一命，但我真的没时间和你们打。"

"我们来这里不是为了和你战斗。"禅突然出现在我身边，"上次见面后，我在你的意识里发现了不少东西。我们要为之前的行为道歉，对不对，绿龙？"

"是的。"绿龙不太情愿地说道，"我……道歉。我们现在知道了，你说的都是实话。而这个全身着火的家伙是我们共同的敌人。我们是来帮你的。"

我转过头，看见津波、寂静武士和格斗师已经和信使打成了一团。同时我意识到，有旭日在，我就能借来更多的力量。

"从我们上次见面到现在，又发生了许多事情。"我对他们说，"如果你们要帮我，就最好一直留在我身边。"

我闭上眼睛，开始吸取禅的第三等级精神力量、绿龙的第三等级超级体能以及津波的第三等级能量操纵。随后，我就开始用这些奇迹能力进行战斗。

到我大显身手的时候了。

我跳出绿龙的双手，飞到信使头顶上方。

"小不点英雄，"信使说，"你终于回来了。你的问题解决了吗？"

"没有。"我冷冷地回应道，"因为你还在这里。"

他露出一丝微笑："还是这么牙尖嘴利，看来我应该把你的牙齿都拔掉。"他一伸手，朝我射出一道火焰。

我使用津波的能力，用一片浪涛将火焰挡住，又使用绿龙的能力，把大量海水推向信使，让他痛痛快快地洗了个海水澡。信使身上的火头在片刻间被压了下去，不过很快又有几道火舌从他身上喷涌出来。

"你更强了，"他说道，"但还不够强。"

他突然变成了一个火球。在猛烈爆发的火光中，我什么都看不见了，只能感觉到皮肤仿佛正在高温中熔化！他要让我变成蒸汽！

"**快**，"湮灭球说，"**永久消除他的力量**！"

我很想这样做，但我的脑海中仿佛有另一个声音对我大声呼喊，告诉我这不是正确的选择。于是我使用了禅的精神力量，深入信使的意识。

一连串影像从我眼前闪过：一个充满绿色的世界，其中点缀着明媚的黄色、轻柔的云朵。那里有一名尖耳朵的女性，还有正在玩耍的孩子。

"你在干什么？"信使喊道，"停下！"

这太不可思议了！我看到的应该就是信使经历过的！我还看到，他在一艘太空飞船里，飞船正驶入一片朦胧的绿色迷雾中。他在执行轰炸任务，但他的飞船突然被撕扯成碎片，而他被困在一个……茧里？随后，他被火焰吞没……

天哪，不会吧！我从他的意识中退了出来。

"你曾经想要摧毁灾星。"我说道。

他愤怒地看着我，但他身上的火焰变弱了："是的，但那已经是过去了。"

"我不明白。如果你曾经想要杀死它，为什么现在却又帮它摧毁其他星球？"

"这……很复杂。"信使用双手捂住了脸。

"和我说说。"

"我曾经是一名科学家，"信使开始了讲述，"我研究的是星星。我在研究中有了一个非同寻常、意义深远的发现——在我的祖先绘制的星图中，存在一些不正常的孔洞，就好像在星系遥远的边缘，本应该存在于那里的行星消失了。我不明白为什么会出现这种情况，于是我将这一发现报告给了联邦政府。但他们全不在意。当时我的世界正在爆发战争。他们说，有很多事情都比我那些失踪的星星更重要。但我知道，太空中出了问题。"

旭日团队包围了信使。我抬起手，示意他们不要发动攻击，同时对信使说："继续。"

"我知道那不是自然现象，一定是某种力量造成的。我对这一现象研究了许多年，终于有一天，我的设备当场捕捉到了罪犯的身影。那是一团怪异的、无法定义的迷雾。它会将行星整个吞噬，彻底毁灭。我知道，如果这个横行宇宙的罪犯得不到处置，总有一天它会找到我的世界、我的家人、我的孩子。"

一滴由火焰凝聚而成的泪水从他的面颊上滑落。

"我制造了一枚核弹，和我所爱的人道别，飞入太空。我知道，我再也无法见到他们了。又过了许多年，我终于找到了那个怪物。那时它正扑向奥伯龙星系的一颗不大的行星。而那时我也看到了它变幻莫测的形态，意识到我的武器根本不可能摧毁它，至少在它凝聚前是不可能的。于是我飞进它的核心部位，在那里等待。但就像你看见的，我还是没能毁掉它。是它毁掉了我。"

"那时发生了什么？"我问道。

"它对我进行了转化，把我变成了现在这个样子，让我成为一个仆人，为它寻找繁盛的世界，以供它吞噬。"

"但你又是为什么？为什么要这样做？"

"因为它给了我一份无法拒绝的契约——只要我忠心服侍它，它就饶过我的世界，我的家人就能活下去。"

"但你帮它毁灭了数以亿万计的生命。"

"是的。"信使低下了头，"我已经很长时间没再想过我的家人了。我救了他们，代价却是摧毁了数不清的生命。我……我忘记了什么才是最重要的。生命，那么多生命……"

"**摧毁他！**"湮灭球向我高喊。

我的手指抽搐着。我感觉到自己是多么渴望消除这个信使的力量，惩罚他的罪行，但我不能这样做。

我需要他。

"听着，我能理解你为了救自己的家人而甘愿做任何事的决定。"我说道，"但你所做的决定实际上是辜负了他们，也辜负了你自己。现在你有机会做正确的事，为自己赎罪，这可能是你唯一的机会。你要帮助我摧毁灾星，阻止它吞噬地球。你必须帮助我拯救这里的亿万生命，你明白吗？"

他犹豫了片刻，然后说道："是的，我明白。"

天空突然变暗了，就好像有人展开一条毯子，遮住了太阳。

"但我怕已经来不及了。"

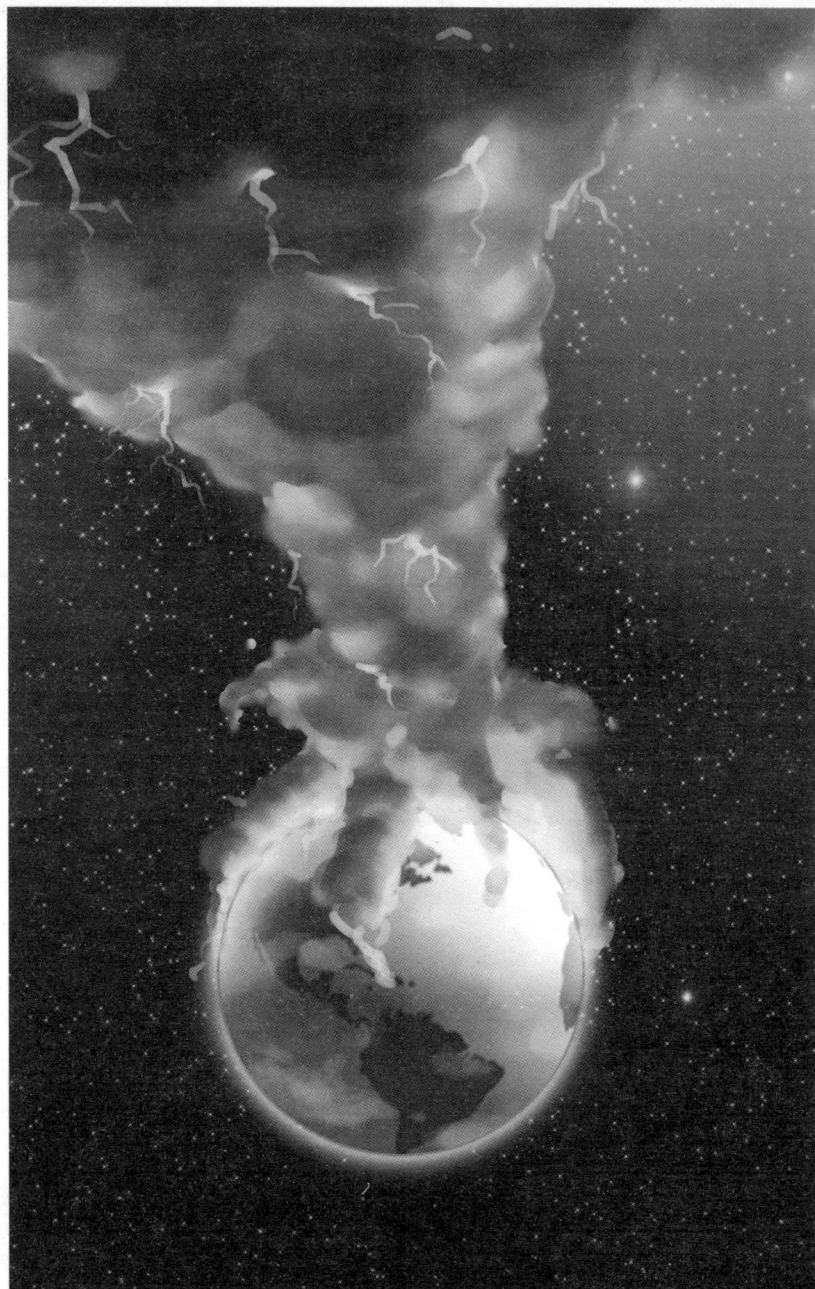

· 第十四章 ·

面对终极邪恶的我

在一片黑色的天空下，第一条由绿色雾气凝聚成的触手缓缓向地球落下。

我的噩梦成真了。

灾星降临。

"出了什么事？"津波问。

"不过是世界末日而已。"我含混不清地说道，眼前的景象仿佛将我催眠了。

绿色迷雾翻滚涌动，看上去令人有些目眩神迷。当然，事实远不止如此。

灾星攻击地球，这是我挥之不去的噩梦，但亲眼看到这一刻的恐惧远远超过了我的各种想象。灾星覆盖了天空，一步步向我逼近，而我只是这颗等待被吞噬的星球上的一点微尘。

这个怪物到底有多大?!我又要到哪里去寻找它的大脑？这就像在海底寻找一根针一样，根本不可能，或者要用很多很多年！而我肯定没有那么多时间。说实话，一个迷雾形态的怪物怎么可能有大脑？

突然，我的脑海中响起警铃声——我有一百万个理由不应该相信观察者的建议。第一，他根本就是个疯子。第二，灾星是他的孩子，难道他真的想要杀死自己的孩子？第三，他不会喜欢我，毕竟我拥有湮灭球，只有我能够杀死他珍爱的灾星。

也许观察者是想要我给自己挖一个坟墓。

有一个声音告诉我，他会如愿以偿。

朦胧的绿色浪涛拍在我的脸上，让我感到窒息。天哪，这东西充斥着一股臭鸡蛋的气味。这时我注意到了一个奇怪的地方——这些虚无缥缈的绿色触手上有一些闪闪发光的小斑点。一开始，它们仿佛是随着绿色雾气一同飘落下来的，就像从天空中落下的雪花。但我很快就发现，这些光点都紧贴在绿色雾气上面，和雾气一起摇曳舞动。

这太奇怪了。

"小不点……"信使话说到一半，又改了口，"零点超人，我希望你明白，我们要对付的是一个多么强大的敌人。我见过无数想要阻止灾星的人——科学家、军人、超级英雄。他们全都竭尽全力，却全都灰飞烟灭。你凭什么认为我们能够战胜它？"

"因为我有这个。"

我拿出湮灭球。信使一下子瞪大了眼睛，悄声说道："原来这是真的。"

"是的。但要让它派上用场，就需要你带我去找灾星的大脑——如果那个家伙真有大脑的话。"

"它有。"信使告诉我，"我可以带你去那里，但恐怕这段路会非常危险。我们需要在严酷的太空环境下阻拦这个巨大的怪物。你在那里是无法存活的。"

"这不是问题。"

我集中全部精神，复制了信使的能力——竭尽全力复制了他的一点一滴。当我吸取他的力量时，我能感觉到自己的细胞在扩张，在不断爆发能量的火花。

然后，我全身喷出了火焰。

"津波，赶快灭火！"格斗师喊道。

"不，没关系。"我急忙告诉他们，"我没有受到伤害，只是复制了信使的能力。现在，我必须去屠龙了。"

绿龙挑起了一条眉毛。

"抱歉，"我对他说，"只是个比喻。我是要去摧毁灾星，而且要抢在它摧毁我们所有人之前。"

"零点超人，"禅对我说，"人类的命运全都在你的手上了，祝你好运。"

"谢谢。"我吃力地咽了一口唾沫。这话也太让我有压力了！不管怎样，我已经不可能再回头了。

我深吸一口气："我们行动。"

信使一言不发地向高空飞去。他的速度很快，但这一次，我一直紧跟在他身边。

信使像着火的利刃一样穿透绿色迷雾，身后留下一道火焰燃烧的痕迹。我到这时才意识到我们正在穿过灾星的身体，就好像这个怪物是一个幽灵，根本不存在于现实世界——如果真是这样该有多好！

那些闪光的斑点总是出现在我的视野中，让我无法忽略。它们到处都是，还会轻盈地撞到我的脸上。它们到底是什么？

"我在想同样的问题。"湮灭球说，"它们让我感觉到一种宇宙级别的能量，而且非常熟悉。"

"你显然算不上无所不知。"我在心里说。

"不必担心，我会搞清楚的。那么，你至少知道在灾星的脑子里需要做些什么吧？你知道吗？"

"当然，我要在那里让你炸掉。"

"错。"湮灭球告诉我，"等到了灾星的脑子那里，我们要控制它。只要我们成为这个怪物的主人，多元宇宙就都要臣服于我们。想想那时你能够拥有多么强大的力量，想想那时你能够得到多少尊敬。"

是的，这种前景的确很诱人，不是吗？那时的我将战无不胜。如果我给灾星套上缰绳，骑着它飞过原点，我倒真想看看那时候格蕾丝的表情。天哪，她一定会……

"嘿！"我喊道，"滚开！"

信使停下了："你说什么？"

"抱歉。"我不好意思地说道，"我刚刚在进行私人通话。"

说完我才突然意识到，我们已经彻底离开了地球的大气圈，正悬浮在太空中！我完全进入了太空！但是当我看到灾星在太空中的样子时，心中的兴奋感立刻就荡然无存了。

它依然是一眼望不到头，从太空深处一路蔓延开来，已经覆盖了半个地球！我们没有时间了！

"它的大脑在哪里？"我紧张地望向周围，却什么都没有找到，"我们要到那里去！马上！"

"我们已经到了。"信使说，"看。"

我顺着他伸出的手望过去——在我们正前方有一团雾气，看上去比其他地方的雾气颜色略深一些，差不多占据了一片橄榄球场那么大的地方，时而扩张，时而收缩，在不停地发生变化。

"这就是它的大脑？"我问。

"是的，但它还处在变幻状态。就算这时你炸掉了它，它也只会被打散，形成它的分子只会暂时分散，随后又会聚成一体。如果你想要确保它的毁灭，你就必须等到它凝固成形的时候。"

"好吧。"我说，"那它什么时候会凝固？"

"它完全吞噬你的星球之后。"

"噢，你是说，我要等到它开始消化地球的时候？我等不到那个时候，那会毁掉数以亿万计的生命！"

"这，"信使对我说，"是唯一的办法。"

突然，我听到一阵雷声轰鸣。

"出什么事了？"我问。

"主人！"信使尖叫一声。

灾星的大脑开始剧烈颤抖，响起的雷声中随即出现了模糊的音节，仿佛是一个巨人在说话。

"你背叛了我。"

"不，主人。"信使开始辩解，"我只是……把这个男孩带来……见证您强大的力量。"

"你以为我是傻瓜吗？这不是普通的男孩。他是湮灭球的主人。你把他带来，是为了毁灭我。"

"快！"信使尖叫道，"赶快摧毁它！"

我在意识中激活了湮灭球，但……

"等一下！"湮灭球喊道，**"它还没有凝固，现在还不行。"**

我犹豫了。湮灭球是对的，信使也这样告诉过我，这时使用湮灭球的力量起不了任何作用。

"已经一个多世纪了，你一直忠诚地侍奉我。但现在，你却妄图对抗我。我们的契约终止了。你的世界将被毁灭，而你现在就要受到惩罚！"

"不！"信使跪下去，哀求道，"我很抱歉，主人！求您，让我弥补——"

就在这时，信使身上的火焰熄灭了。

我第一次清楚地看到了这个一直被火焰包裹的人，他的皮肤是白色的，眼睛是金色的。他绝望地盯着我，然后捂住了自己的喉咙。

他不能呼吸了！没有了超能力，他无法在太空中呼吸！

"信使！"我向信使的方向移动，但我们两个之间的绿色雾气骤然间变得浓重，形成了一道屏障。我想要冲过去，这一层雾气却突然变得牢不可破！我被挡住了，甚至无法再看到信使！

没过多久，雾气消散。我看见信使的身体飘浮在我面前，绵软无力，没有了生机。

他走了。

我一下子慌乱起来——我的能量来源没了！

"**不必担心。**"湮灭球说，"**这一次，你储存了足够的能量，可以支撑一段时间，但也不要耽搁太久。**"

这话让我感到一点安慰，但信使的尸体就飘浮在我身边。又一次毫无意义的死亡，又一个应该由我负责的生命。我的血液在胸腔中沸腾，现在我只想摧毁灾星，结束这个噩梦。但我要怎么做？

"**我需要一名新的信使。**"

"你需要的可不只是这个。"我说道，"等我把你炸成一万亿片的时候，你还会需要许多医生把你拼起来。"

"**你如何？**"

"什么我如何？"

"**你很强，且意志坚定。我要让你成为我的信使。作**

为交换，我会饶过你的世界。"

"呃，你在开玩笑？"

"成为我的信使，在多元宇宙中寻找富饶的行星，让我得到满足。只要你帮助我，你的世界，还有你爱的所有人，都将存活下去。我给你这个机会，而最后的决定将由你来做出。"

·第十五章·

我将决定
一切的命运

我的脑子飞快地运转。

灾星刚刚给了我一张地球的免罪卡。现在只有一个问题：要让这张卡兑现，我就需要成为它的信使。

我的心要我对它说"谢谢，不必了"，但我的头脑告诉我，这是一个我无法拒绝的机会。

直到此刻，我所做的一切都是为了阻止灾星吞噬地球。我的全部冒险经历逐一从我的脑海中闪过：被旭日俘虏；穿过虫洞到达另一个宇宙；与艾略特二号在观察者的世界战斗；努力压制第二个湮灭球……一切都变成了一个疯狂的旋涡。

现在，只要我说一声"好的"，地球面临的威胁就会彻底消失。我的家人将平安无事，自由力量的成员都能活下来，我的星球也会幸免于难。这个提议真是太诱人了。

但它诱惑不了所有人。

我没有忘记黄道十二宫的朋友们：双子、金牛、白羊、人马、双鱼，还有天蝎。他们全都是孤儿，是他们种群中的最后一个，而这都是因为这个欲壑难填的灾星！

我又想起了格蕾丝二号和她的家人。他们的世界也不会安全，总有一天，灾星会找到他们。

我记得信使在回忆他的所作所为时是多么哀伤。他相信自己做对了，但他也知道，自己和灾星一样是罪人，双手沾满了亿万生命的血。

我不能这样做。

绝对不能。

"你疯了吗？"湮灭球在向我喊叫，"这是一生只有一次的机会。"

"不，我可不觉得——"

"听着，傻瓜。"湮灭球打断了我，"如果你要拯救所有你在乎的人，这就是你唯一的机会。我知道，你以为你能用我把这个怪物炸碎。但如果这样做没用呢？你就要为随后发生的一切负责。不要为了愚蠢的道德原则就毁掉你爱的每一个人。快过去，让所有人知道，你是拯救他们的英雄。"

也许湮灭球是对的。如果我做错了选择，地球就将不复存在。也许这是我拯救家乡的唯一机会。而且多元宇宙很快就会坍塌，谁知道以后会是什么样？

但如果我成为新的信使，我就要为那么多无辜生命的毁灭负责。我……我不知道该怎么做。我怎么总是要做这种难为人的决定？！爸爸和妈妈一定知道该怎么做。我打赌，就算是小影也一定比我做得好。

"决定吧，地球人！"灾星用它那雷鸣般的声音说道。

"快答应，"湮灭球催促我，"否则就来不及了！"

我用拇指揉搓着湮灭球光滑的表面。太棒了，我得到了宇宙中最强大的武器，却完全不知道该怎么使用它。观察者说要带着这个球进入灾星的大脑，在那里把灾星炸掉。但那以后会怎样，他一个字都没有说。

现在灾星还是一团雾气。根据信使的说法，我必须等到它凝固起来，才能对它造成真正的伤害。上一次我看到它凝固时，它压碎了普罗塔拉安，就像压碎一颗核桃一样，并且将那颗星球上的全部生命能量吞噬得干干净净。如果我等到它这样对待地球，那地球的一切就都完了。

我到底该怎样炸死它？

等等。

炸、死、它？不是炸碎它。

也许我的方向完全错了。

好吧，我有湮灭球——一只宇宙级别的寄生虫，它除了非常粗鲁以外，还极为擅长一件事——意识控制。无论灾星是多么虚无缥缈，但它明显有一个大脑——有自己的意识。

我知道该怎么做了。

"**湮灭球，**"我命令道，"**让灾星撤退。**"

"**什么？**"湮灭球问我，"**我做不到这种事。**"

"**不，你能……**"

"**地球人，**"灾星的吼声占据了我全部的意识，"**你的决定是什么？**"

它好像一秒钟也等不了了。我还可以试试再磨蹭一会儿，但我有一种感觉，这种尝试是不可能成功的。我必须做出选择了，否则一切都将不可挽回。

"谢谢你的慷慨。"我回答道，"但我宁可死在壮烈的战斗中，也不会做你的信使！"

"那你的世界就只有一个命运了。"

灾星突然以双倍的速度向地球扑去！恐惧抓住了我的心脏，但现在我没时间胡思乱想。我已经做出决定，现在该是行动的时候了！

"湮灭球！"我命令道，"让灾星撤退！"

"不可能——"

"够了！"我不允许它辩驳，"你是湮灭球，我是你的主人！你要照我说的去做！马上！"

我想起湮灭球曾经告诉过我，它向艾略特二号隐藏了自己的一部分，所以它才能转移到我身上来。它从没有让另一个艾略特完全控制它。但要实现我的目标，我就需要这个球——需要这个球的全部。

我深深地扎入湮灭球的意识。

湮灭球尖叫一声，想要逃走。

但我太强了。

我向更深处扎进去。

湮灭球拼命挣扎，想要躲开我的压力。

但我不容许它拒绝我。

我将它包围，把它困住，用力捏紧它。

终于，我打垮了它的意志。

我感觉到了它的屈服，它向我放开了自己。

我接收了它的全部。

湮灭球是我的了，完全属于我了。

我立刻将全部能量集中在一个意念上。

让灾星回来。

一股浩瀚的橙色能量从湮灭球中爆发出来，抓住那个巨大的怪物，将全部绿色迷雾包裹在中间，渐渐勒紧。灾星还在向前猛冲，带动我也向前飞去。我用力向后拽，把这个怪物死死地拖住。

灾星发出嚎叫，那是一种完全不属于这个世界的狂野嘶喊，很像一个没吃完饭就被从椅子上拽下来的暴躁孩子在喊叫。终于，这个宇宙级别的怪物离开了地球，它伸出的触手再无法缠绕住我的星球。但它不会就此屈服——它回身释放出一道震荡波，震荡波穿过湮灭球，狠狠地撞击我的意识。

我顶住了这次攻击。

我更加用力地拽它，就好像在拽一条落网的鱼。当我终于把它从地球的大气圈中拽出来的时候，我开始实施计划的第二部分。我还记得爸爸二号的干扰器，那个东西能让人们以为不存在的东西就在眼前。我知道我要怎样做。

"湮灭球，"我命令道，"**欺骗灾星，让它以为它正在吞噬一颗富有生命力的行星。**"

"是，主人。"湮灭球做出回应。

灾星丝丝缕缕的身体突然迅速膨胀，变成了一个巨大的气球，比地球还要大很多。随后，灾星就包裹住了它想象中的星球。

现在应该是彻底结束这一切的时候了。

"**不**……**不要**……**这样做。**"湮灭球恳求我，"**求你**……"

怎么回事？湮灭球怎么还在抵抗我？

"听我的命令。"我说道。

一转眼，灾星已经开始凝聚，它以为它要吞噬那颗想象中的行星了。

这是我的机会。

"**你会把地球一同摧毁的，傻瓜。**"湮灭球告诉我，"**我们太靠近地球了，爆炸会把那颗行星一同抹掉。**"

哦，天哪！我没有想到这一点。

就在这时……

"不要听它的。"一个熟悉的声音传来，"它在操控你。动手。"

"但地球该怎么办？"我问。

"我们来保护它。"另一个声音响起，"全都交给我们就好了。"

"不！"湮灭球说，"**这不可能！你们死了！你们两个都死了！**"

"现在就行动！"前一个声音催促道。

"**湮灭球，**"我发出命令，"**进入这个球体，全部进去。**"

我感觉到湮灭球的能量离开了我的身体，进入我手中的小球里。

我用力抓住这个球，又用尽全力把它向灾星掷过去。

湮灭球以不可思议的速度穿过太空，路线直接而精准。

湮灭球碰到了灾星，随之出现的景象让我吃了一惊——那些奇怪的小光点纷纷离开灾星的身体，数量上百万。它们聚集到一起，在地球前方形成了一道屏障。

"快。"第二个声音把我从惊诧中叫醒，"行动！"

我伸展出意识，与湮灭球连接，下达了最后一个命令。

爆炸！

猛烈的爆炸能量急速向周围扩散，我也被细小的光点所覆盖。

我的周围变暗了。

…………

我的眼前一片黑暗。一开始，我以为是有人把灯关上了，然后我才意识到自己紧闭着双眼。我全身痛得厉害，感觉就好像是被卡车撞了。我躺在这里有多久了？我死了吗？

我睁开眼睛，以为自己会看到天使或者魔鬼。实际上，我看到的还真跟我以为的差不多。在床两边的是两张我认识的脸。

秩序和混沌。

我猛地坐起身："你……你们不是死了吗？我亲眼看着你们两个在竞技场世界被炸死了。"

秩序微微一笑，他的牙齿还是那样又整齐又洁白："没有人能杀死编织宇宙的经纬线。不如说，我们只是暂时发生了错位。"

我努力去理解他的话，一下子想起了灾星身上的那些小光点，还有灾星爆炸前我听到的那两个声音。是那些小光点保护了地球。

"等一下！"我说，"灾星身上的那些小光点？那就是你们？"

混沌掸掉了一些沾在他皮夹克上的绒毛："是的。我可以向你保证，如果你也像我们一样，被分散到宇宙的每一个角落，那么你肯定连最简单的思考几乎都无法进行。我们很高兴你终于赶到了，而且完美地执行了我们的计划。"

"计划？什么计划？"

"恢复我们力量的计划。"秩序回答，"你的同伴在竞技场世界对我们发动突袭之后，我们都被彻底打散成了原子状态。随后，我们一同被我们所能找到的最强大的宇宙能量源——也就是灾星吸引，就像微小的天体碎片在万有引力的作用下变成陨石，落到巨大的星球上。我们一直依附着这个怪物，但当时的我们实在太虚弱了，没有力量重新凝聚起来。要恢复原先的状态，我们就需要大量的宇宙能量。"

"你肯定注意到了，"混沌继续说道，"没有我的兄弟和我控制多元宇宙的规则，很多事物都开始摆脱原有的状态。我们知道，我们必须尽快采取行动，否则我们在无尽时间中所建立的一切都将在眨眼间化为虚无。我的确喜欢混乱，但那必须是由我造成的混乱。所以，我们两个合起最后一点力量，用这股力量引导灾星来到你的行星。"

"什么？"我问道，"你的意思是，灾星来到地球是因为你们？"

"是的。"秩序说，"因为我们需要你，湮灭球的主人。我们相信，当灾星威胁到你的星球时，你会想到湮灭球的力量。既然你已经和地球二号的英雄们打过交道，你自然会想尽办法前往他们的世界。如果你成功拿到第二个湮灭球，我们相信，你就有机会摧毁灾星。而灾星爆炸能够释放出足够强大的宇宙能量，让我们恢复正常形态。"

"所以，干得好，小子。"混沌说。

"那湮灭球呢？"我打起精神，准备接受他们的答案。湮灭球一直黏着我，就好像我们是两片尼龙搭扣。每次我以为自己摆脱了它，它都会报复性地黏回来。

"它不存在了。"秩序说，"不必担心，这一个湮灭球，所有的湮灭球，都没了。"

我感到十分安慰。终于结束了！

但我忽然又怒从心头起。原来我一直都只是他们计划中的傀儡，地球只是他们游戏中的一枚棋子，这场巨大的危机只不过是他们解救自己的一场阴谋。我觉得我要气炸了。

　　"不要这么心神不宁。"秩序显然看懂了我的表情，"你的行动拯救了还存在的多元宇宙，所谓的现实模糊结束了，一切结构和界线都恢复了。"

　　"只是暂时而已。"混沌的声音中带着一丝冷笑。

　　"确实。"秩序说，"不过你的世界是安全的，我们认为这是你应得的奖励。我们还一致同意，要给你一份礼物。"

　　"这可不是我的意思。"混沌说。

　　"礼物？什么礼物？"

　　"当时机到来，你就会收到。"秩序告诉我，"再见，艾略特·哈克尼斯。你做得很好。你是一个真正的英雄，也许是你们种群中最优秀的一个。"

　　"等等！"我说道，"那到底是什么礼——"

　　但一切都消失了。

· 尾声 ·

非常难以置信……

我从没想过能活着见到两只天才老鼠为了不稳定分子的稳定性而争论不休。不过我想，这应该是一种美好的情景。

　　自从秩序和混沌把我送回原点以后，我就一直在努力梳理这段时间所发生的一切。我还是无法相信，自己竟然只是他们的"银河大富翁游戏"里的棋子。他们一直在利用我，我却什么都不知道。

　　我能战胜灾星的概率一定只有四十万亿分之一，但我竟然还是成功了。现在我拯救了地球，终止了现实模糊，我希望再也不会见到那两个宇宙小丑了。

　　坐在技术霸主的实验室里，看着两只小老鼠因为跃迁船的技术细节吵得热火朝天，我的心情一下子好了很多。

　　另外还有一个好消息：两支自由力量团队齐心协力，成功地打退了光灵入侵者。不过拱心石城成了一片战争废墟，幸运的是没有太多市民受伤。光灵那边的损伤情况就很难说了。

　　根据技术霸主二号的探测结果，地球二号依然存在。这是第三个好消息。毕竟，格蕾丝二号刚刚找回她的爸爸，我也衷心祝愿他们不会再次分离。没有了艾略特二号的威胁，他们现在有机会重建自己的家园了。

　　这让我不由得想起了另一个艾略特。他在观察者那里生活得怎么样？我仿佛能看见他们坐在篝火旁，一边吃着棉花糖夹心饼干，一边讲着鬼故事。当然，小影二号可能先一步把棉花糖夹心饼干都偷走了。

我的小影正躺在我身边。我觉得它应该已经原谅了我不带上它就偷偷溜走，去追赶信使的行为。当我突然出现在机库里的时候，它一下子就扑到我身上，不停地舔我的脸，差一点让我淹死在它的口水里。然后它就向我讨要十颗小狗零食，我很高兴地给了它。

我又看到了格蕾丝二号。她在向我微笑，但眼神中流露出掩饰不住的紧张。我知道，她急着想要回家。现在危险都已经过去了，但我们还不知道跃迁船能不能继续正常工作。穿越虫洞是一个更疯狂的选择，不过，如果有风行者，那么这样做应该更可行。

我没有再得到风行者的消息。我无法忘记上次和他分别时他那忧心忡忡的面容。我希望他平安无事，但我有一种不太好的感觉：他现在有麻烦了。

技术霸主二号突然放下手中的扳手，高声宣布："跃迁船可以正常运转了。"

妈妈二号对我的妈妈说："嗯，我想，时间到了。"

她们拥抱在一起。妈妈说："很高兴能和你并肩战斗。我们总有一天会再见面的。"

妈妈二号笑着说："是的。但下一次，不如你来看看我们？希望到时候情况不会像这次这么紧张。"

"好的。"妈妈回应道。

英雄们全在互相道别。

"知道吗？"格蕾丝对格蕾丝二号说，"我必须承认，我褐色头发的样子很好看。"

"我觉得金发也很漂亮。"格蕾丝二号拥抱了我的姐姐，"照顾好你的弟弟。"

"我会看着他的。"格蕾丝一只手按在我的肩膀上，"不过我觉得，他能照顾好自己。"

格蕾丝二号又给了我一个大大的拥抱："下次你来的时候，先给我打个招呼，我可以提前通知其他人。我们很快就会再见吗？"

"一定能再见的。"我说，"谢谢你们的帮助。替我向你父亲问好，告诉他，他帮了我们大忙。"

格蕾丝二号笑着说："一定。"

自由力量二号进入了跃迁船。

"队长？"技术霸主二号说道。

"准备好了。"爸爸将跃迁船举到半空。

技术霸主爬到爸爸的肩膀上："你确定已经充分考虑过大气压力的差异——"

"因为这里是位于外太空的人造卫星？"技术霸主二号回答，"我已经说过五百遍'是'了！好了，我亲爱的队长，请完成这份光荣的工作，帮助我们实现回家的愿望吧。"

跃迁船中的英雄们全都抓紧了新安装的安全栏杆——

这是我们的技术霸主添加的优秀配件。

格蕾丝二号向我挥手。

"一路顺风!"爸爸一仰身,将跃迁船用力投掷出去。

我用手捂住眼睛。他们最好能成功!

那个大球在碰到对面的墙壁之前消失了!不稳定分子万岁!

"希望我们的计算正确。"技术霸主嘟囔着,"天哪,我一辈子都没见过那么顽固的老鼠!"

我们全都笑了。

"要我说,我们应该庆祝一下。正好餐厅里有果冻甜甜圈。"蓝闪电提出建议。

"还有花生酱香蕉三明治。"暗影鹰说。

"我赞成!"格蕾丝喊道。

英雄们纷纷走出技术霸主的实验室。但不知为什么,我没办法挪动脚步,就好像被粘在了地面上。出什么事了?

"艾略特,"爸爸问我,"你不来吗?"

有一个声音告诉我,不要让别人知道。我有一种奇怪的心情,很想就留在这里。

"没事,你们先过去。"我说,"我再待一会儿,一会儿我就过去。"

"好的,"妈妈说,"那待会儿见。"

大家都离开后,我突然又能动了。但我没有走向门口,而是朝实验室深处走去。

在实验室的角落里，我找到了阿飘。

虽然发生了那么多疯狂的事情，他却只是被放在这里，全身挂满了电线和监测设备，就像一座永恒不变的石碑，昭示着我的错误。

"抱歉，老伙计。"我说，"但如果你知道我做的事，也许你会为我感到骄傲。"

我伸手按在他冰冷坚硬的胳膊上。突然，一股奇异的橙色能量从我的手指间流淌出来。

出什么事了？

这股能量流过阿飘的身体，从另一边流出去。

就在我的眼前，阿飘从一尊冰冷的石像变回了温暖的活人！

他跪倒下来，我急忙扶住他。

"阿飘？你还活着！"

"出……出什么事了，"他问我，"艾略特？"

我不知道该怎样回答。然后，我想起来了。

礼物！

我的心中突然充满了强烈的感情，泪水从我的面颊上滚落。

"嘿，伙计，"阿飘说，"你还好吗？"

"不能更好了。"我抹着眼泪说。

"伙计，我饿坏了。"他又说道，"有什么可吃的吗？"

还是那个老阿飘。

"有好多好吃的。"我帮他站稳，"我们去餐厅，我们的老朋友和一只毛茸茸的吃货都急着想要见你呢。"

我们走出实验室的时候，我透过身边的舷窗，朝星光璀璨的太空望去，悄悄说了一声："谢谢。"

一百万颗星星同时向我眨了眨眼。

奇迹能力术语

来自奇迹超脑：

已知的奇迹能力被分为九个类别。建立这种分类系统是为了简化对奇迹能力的识别，提供一个便捷的框架来帮助人们理解奇迹能力的强度和效果。

注：奇迹者可能拥有不止一个类别的能力。另外，一些奇迹者也会发生进化。他们的能力特征和效能都会随着时间发生变化。

***

奇迹能力由于范围很广，又被进一步划分为不同的等级，以表述各种能力的不同强度。以下是常用的等级：

· **等级零：无奇迹能力。**

· **等级一：有限奇迹能力。**

· **等级二：强大奇迹能力。**

· **等级三：极限奇迹能力。**

以下是九类奇迹能力的简单概括。

◈ 能量操纵

能量操纵是产生、塑造或者引导各种形式能量的能力。能量操纵者能够将能量聚焦或者重新定向于特定的目标之上；能够塑造或重新塑造能量，以实现特定的效果。能量操纵者一般不会受到他们所操纵的能量形态的影响。

能量操纵者一般会使用的能量包括但不限于：

· 原子

· 化学

· 宇宙

· 电

· 重力

· 热

· 光

· 磁

· 声音

· 空间

· 时间

注：一些变身者也能够操纵能量。能量操纵者和他们的唯一区别是，能量操纵者在产生或者转化能量的时候不会改变自己的身体结构或者分子状态。（请见：变身）

◈ 飞行

飞行指不需要外部力量（比如喷气背包）就可以飞行、滑翔或悬浮的能力。飞行能力可以通过多种方法实现，这些方法包括但不限于：

· **反转重力**

· **驾驭气流**

· **利用地磁场**

· **翅膀**

从只在地面以上几尺高到进入太空，奇迹者飞行的范围非常辽阔。

拥有飞行能力的奇迹者往往也会展示出超级速度。不过，我们通常很难判断超级速度是一种单独的奇迹能力，还是飞行能力和地球天然重力共同作用的复合效果。

◈ 魔法

魔法是一种涵盖范畴非常广泛的奇迹能力。它一般指利用某种外在魔法或神秘力量的来源引导能量。已知的外在魔法来源包括但不限于:

- **外星生命体**
- **黑魔力**
- **恶魔力量**
- **亡者灵魂**
- **神秘灵力**

标准的魔法能量都需要一个附魔物品进行引导。已知的附魔物品包括:

- **护身符**
- **书籍**
- **斗篷**
- **宝石**
- **法杖**
- **武器**

一些魔法师能将自己传送到他们的魔法源头所在的神秘领域。他们也许还能将其他人送进或送出这些领域。

注: 魔法师和能量操纵者之间有一个根本的区别,魔法师通常是从某个神秘来源获取并引导力量,这种行为可能需要使用一件被施加过魔法的物品来实现。(请见: 能量操纵)

◈ 变身

　　变身能力指各种与"变化"有关的奇迹能力，涵盖范围非常广泛，从身体变形到状态变化，不一而足，不过基本可以分为两个子类别：

　　·**肉体级别**

　　·**分子级别**

　　肉体级别变身通常指奇迹者改变身体特征，从而发挥自身力量。这时的变身者通常会保持原本的人类身体机能，同时又能展现出自己的力量（身体变形者除外）。典型的肉体级别变身包括但不限于：

　　·**隐形**

　　·**延展性**（弹性／可塑性）

　　·**机体副产物**（丝、毒素等等）

　　·**身体变形**

　　·**体积变化**（巨大化或微型化）

　　分子级别变身指的是变身者将组成自己身体的分子从有机体状态改变为某种非有机体状态，以发挥他们的能力。典型的分子级别变身包括但不限于：

　　·**火**

　　·**冰**

　　·**岩石**

　　·**沙**

· **钢铁**

· **水**

注：一些变身者能够模仿其他类型的奇迹能力，所以初次遇到变身者，可能很难正确识别。仔细观察他们运用能力的方式就变得至关重要。如果发现他们发生了肉体级别变化或者分子级别变化，你就能确认自己面对的是一名变身者。

◈ 精神力量

精神力量指的是将自身的意识作为武器。它包括两个子类别：

- · **远程感应**
- · **远程遥控**

精神力量超能者能够洞悉和影响其他人的思想。远程感应能力通常不会表现出对肉体的威胁，但这种能够穿透意识的力量往往能造成比物理攻击更具毁灭性的伤害。

远程遥控是用意念操纵物体的能力，常常是通过意念移动物体，而这些物体的重量往往不是只凭体力就能够承受的。许多具有远程遥控能力的人还能让物体以非常快的速度移动。

注：精神力量超能者最著名的特征是其远程攻击能力。在战斗中，应当尽可能首先压制具有精神力量的人。另外，精神力量超能者常常会因为过度使用自身力量而耗尽体力。

◈ 超级智力

超级智力的水平更高于普通天才的智力，其有多种表现形式，包括但不限于：

- **·超级分析能力**
- **·超级信息综合能力**
- **·超级学习能力**
- **·超级推理能力**

注：超级智力拥有者能够在技术、工程和武器开发等领域不断取得突破。拥有超级智力的人以创造新方法来做到以前不可能实现的事情而著称。在应对超级智力拥有者的时候，你应该在思想上做好准备，因为你很可能会面对前所未有的挑战。另外，超级智力拥有者可能会以各种形态出现。最高水平的超级智力起源于非人类生物。

◈ 超级速度

超级速度指的是远高于普通快速的身体移动速度。拥有超级速度的人通常也会拥有一些相关的能力，包括但不限于：

- 强化耐力
- 改变身体状态，穿过固态物质的能力
- 超级快速反应
- 时间旅行

注：拥有超级速度的人通常也拥有超强的新陈代谢能力，每分钟能够燃烧数千卡路里的热量，所以他们需要每天多吃很多食物来保持稳定的能量水平。据观察，拥有超级速度的人往往思维也异常敏捷，要跟上他们的想法可能会非常困难。

◈ 超级体能

超级体能指的是让肌肉发挥出超水准的力量。超级体能拥有者能够举起或者推动对其所属种群来说过于沉重的物体。不过这一范围非常广，从举起自身两倍重量的物体到改变行星运行轨道的难以想象的力量，都属于奇迹范畴的超级体能。

拥有超级体能的人通常也会拥有另一些相关能力，包括但不限于：

· **通过踩踏制造地震**

· **强化跳跃**

· **坚不可摧**

· **通过拍手产生冲击波**

注：拥有超级体能的人可能不是全身肌肉同等强大。据观察，一些人可能只是一条手臂或一条腿能够表现出超级体能。

◈ 奇迹控制

奇迹控制能力可以复制或者消除其他人的奇迹能力。这种能力非常罕见，它甚至能够同时操纵多个奇迹者的能力，所以它有可能变得非常危险。如果一名奇迹控制者同时操纵了多种奇迹能力，他就有可能达到第四奇迹等级。

因为奇迹控制的独特性，具有这种能力的人往往会被认为拥有其他能力，比如直接改变或者控制其他人的力量。尽管拥有如此非同寻常的能力，奇迹控制者却常常**无法自己产生奇迹力量，只能对他人的力量加以干涉**。如果无法利用他人的力量，奇迹控制者很可能无力应对自己遭受的攻击。

注：根据观察，奇迹控制者需要靠近其他奇迹能力拥有者才可以完全操纵他们的能力。在与奇迹控制者作战的时候，建议保持合理的距离，从远处攻击他。不过，也有人观察到奇迹控制者从非常远的距离之外操纵其他奇迹能力的情况。

奇迹档案相关属性

来自奇迹超脑：

除了需要对奇迹能力及其效果有足够的了解，我们还有必要知晓构成其核心效能的关键属性。在对抗奇迹者或者与奇迹者合作的时候，了解他们的关键属性能够帮助你更深刻地掌握他们的精神和战略潜力。

以下是五个关键属性的简要解释。对此你应该已经有所了解了。注：出现在每一份奇迹档案中的数据都来自对奇迹者实际活动情况的分析。

◈ 战斗力

在直接战斗中击败敌人的能力。

◈ 耐受力

承受严重消耗、压力和伤害的能力。

◈ 领导力

率领由不同特点的成员组成的团队，赢得胜利的能力。

◈ 策略

发现并成功利用敌人弱点的能力。

◈ 意志力

在身处劣势，面对无法克服的困难时坚持下去的能力。

感谢

如果没有一些英雄充满勇气的支持，我可能在这个系列出版前就被超级恶棍们踩在脚下了。我要感谢我的妻子琳恩（神奇女士），我的儿子马修（创造队长），还有我的女儿奥利维娅（鼓励少女）。我还要感谢所有关心艾略特和他的家人们的读者。你们都是超级英雄！